I0552039

Métamorphes de Noël

UNE ROMANCE PARANORMALE

UNIVERSITÉ DU PÔLE NORD

TOME UN

MARIE-HELENE LEBEAULT

Première publication par Beaches and Trails Publishing 2025

Copyright © 2025 par Marie-Hélène Lebeault

Tous droits réservés.

Aucune partie de cette publication ne peut être reproduite, stockée ou transmise sous quelque forme ou par quelque moyen que ce soit, électronique, mécanique, photocopie, enregistrement, numérisation ou autre, sans l'autorisation écrite de l'éditeur. Il est illégal de copier ce livre, de le publier sur un site Web ou de le distribuer par tout autre moyen sans autorisation.

Ceci est une œuvre de fiction.

Édition par Jessica McKenna

Couverture par Marie-Hélène Lebeault

Kayla

Noël était autrefois ma période préférée de l'année. En grandissant, cette fête perd un peu de sa magie. C'est difficile de maintenir l'anticipation fébrile de la jeunesse quand on envoie une liste de souhaits Amazon à ses parents. Ne vous méprenez pas, j'adore Noël ; c'est toujours la période la plus merveilleuse de l'année. Cependant, quand on a seize ans et que les seuls projets pour les vacances d'hiver sont des lectures obligatoires et le travail, cela enlève un peu de l'éclat et du brillant de Noël.

« Ingrid, puis-je partir une heure plus tôt aujourd'hui ? J'ai encore quelques cadeaux à acheter », ai-je supplié ma responsable.

Maman et Papa étaient si fiers quand je leur ai annoncé que j'avais décroché un emploi à *La Pâtisserie* juste en dehors de Londres. Nous nous étions beaucoup disputés à propos de mon premier travail. Ils pensaient que cela me donnerait de l'indépendance et m'apprendrait comment fonctionne le monde. Je pensais que ce serait juste une autre contrainte sur mon temps, mais j'ai adoré dès que j'ai commencé.

La petite boulangerie familiale comptait au total six employés, moi incluse. Claude, le boulanger, sa femme Pauline, et leurs filles Marion et Pénélope. Cette dernière avait mon âge et était très amusante comme collègue. Et il y avait Ingrid, la gérante polonaise qu'ils avaient embauchée pour aider à promouvoir et gérer la boulangerie. Elle dirigeait d'une main de fer, mais j'étais confiante qu'elle accepterait ma requête. Il était seize heures la veille de Noël, et la boutique était vide non seulement de clients, mais aussi de produits à vendre. Nous avions tout écoulé. Claude et sa famille préparaient le lendemain, et j'avais terminé de compter les ventes et de ranger le petit espace café.

Ingrid jeta un coup d'œil vers Claude. Le Français me sourit et me fit un clin d'œil. « Bien sûr, vas-y, et joyeux Noël », dit Ingrid avec un sourire.

J'ai sauté de joie, applaudissant avec excitation. « Merci, merci, merci ! » ai-je rayonné, en enlaçant la gérante dans une étreinte serrée. Je pouvais sentir que cela la mettait mal à l'aise, alors j'ai reculé et dit : « Joyeux Noël, Ingrid ! »

J'ai retiré mon tablier et couru à l'arrière pour enlacer Claude et sa famille. « Joyeux Noël ! » leur ai-je dit en me dirigeant vers la salle du personnel pour prendre mes affaires.

Enveloppant étroitement mon manteau autour de moi, j'ai enfilé mon bonnet en laine grise, une écharpe et des gants assortis. Il devait faire -5 dehors. L'hiver cette année avait été exceptionnellement rude ; je ne me souvenais pas qu'il ait jamais fait aussi froid.

J'ai jeté mon sac à dos sur mon épaule et me suis dirigée vers la sortie avant que Claude ne me rattrape.

« Attends », dit-il, me tendant une petite boîte blanche en carton attachée avec de la ficelle brune. Une petite enveloppe blanche y était glissée. Elle était marquée d'un flocon de neige doré, et mon nom était écrit à l'encre dorée dans la plus belle calligraphie que j'aie jamais vue.

« Joyeux Noël », dit-il avec un fort accent. « Quelques gourmandises de Noël pour toi et ta famille et une prime de Noël pour tout ton travail acharné ces derniers mois. »

Je l'ai remercié et ouvert l'enveloppe, curieuse de voir ce qu'il y avait à l'intérieur. Il y avait un billet de cent livres ! « Oh mon Dieu, Claude. C'est trop ! Je promets de venir tôt pour mon prochain service », ai-je dit, réprimant à peine les larmes qui montaient à mes yeux. Cet homme et sa famille avaient déjà tant fait pour moi.

« *Ne t'inquiète pas, petite* », a-t-il répondu, balayant mes objections d'un geste de la main.

Mon français s'était considérablement amélioré à la Pâtisserie, alors j'ai répondu : « *Merci beaucoup, Claude. Joyeux Noël* », en envoyant un baiser avant de me diriger vers le prochain train pour Londres.

Une autre chose qui enlevait un peu de la magie de Noël était d'essayer de naviguer dans le métro londonien. Londres était déjà assez animée le reste de l'année, mais elle semblait encore plus chaotique à Noël. Des touristes du monde entier viennent passer la saison des fêtes ici ; les lumières brillantes et la grande ville attiraient les gens comme des papillons vers une flamme. Me frayant un chemin parmi la foule, j'ai monté les escaliers depuis le métro vers mon endroit préféré pour faire du shopping à Londres : Oxford Street.

Londres à Noël était à couper le souffle. Chaque devanture de magasin, chaque arbre était baigné de lumière. Mais l'endroit qui faisait vraiment chanter mon cœur était Oxford Street. J'ai contemplé le spectacle. Un immense ange de Noël était suspendu entre les vitrines de chaque côté de la rue ; ses ailes étendues comme en plein vol. Cela m'étonnait toujours de voir comment ils réussissaient à rendre un ange fait de lumières si vivant. L'air froid fouettait mon visage, mais je ne pouvais pas bouger ; je ne pouvais pas détacher mon regard de l'ange de Noël. Ma peau était couverte de chair de poule, et je frissonnais autant de plaisir que de froid. C'était ça, la vraie magie de Noël.

L'espace d'un instant, j'ai juré que les ailes de l'ange avaient réellement bougé, et une étrange sensation de picotement a parcouru mon corps. On aurait dit que l'air était chargé de quelque chose que je ne pouvais pas nommer mais que je reconnaissais quelque part au fond de moi. Je l'ai mis sur le compte de l'excitation, mais une partie de moi se demandait s'il y avait quelque chose de plus à cette sensation.

Connor

C'était enfin le grand soir. J'allais finalement avoir ma chance. Une semaine avant Noël dernier, je me suis rendu au Pôle Nord pour participer aux jeux des rennes : trois jours d'épreuves destinées à tester le caractère, l'agilité, la maîtrise de la magie et l'esprit.

Faire partie de l'équipe qui tirait le traîneau du Père Noël la veille de Noël était un véritable honneur pour ma famille. Et oui, je parle du vrai Père Noël, pas d'une quelconque mise en scène de façade.

J'ai pris ma forme de renne pour la première fois il y a deux ans, à l'âge de quinze ans, et depuis, je rêvais de faire partie de l'équipe du Père Noël.

Ma famille n'avait pas eu de place dans l'équipe depuis mon arrière, arrière, arrière-grand-père. Le Père Noël avait perdu confiance en la famille Prancer après que mon grand-père soit arrivé en retard un soir de Noël. Il était censé mener les autres rennes, et ce n'était pas un petit retard. Il avait trop dormi et était arrivé avec presque trois heures de retard. Le Père Noël l'a rétrogradé à la troisième position et a déplacé Jacob Rudolph à l'avant du troupeau.

Tout le monde connaît l'histoire de Rudolph, le célèbre renne au nez rouge. Pendant des générations, la famille Rudolph a surfé sur sa vague de célébrité jusqu'à ce que Sarah Blitzen remporte les jeux des rennes et obtienne la tête du troupeau.

C'était au tour de ma famille. Malheureusement, nous avons quelque peu la réputation d'avoir mauvais caractère. Quand Jacob Rudolph a été promu au-dessus de mon grand-père, le gagnant des jeux des rennes, ce dernier a perdu son sang-froid et a failli ruiner Noël. Le Père Noël est un type formidable, mais il lui a fallu beaucoup de temps pour faire à nouveau confiance à quelqu'un de ma famille.

Mes parents espéraient que je pourrais être accepté à l'Université du Pôle Nord, où de nombreux métamorphes se formaient aux arts magiques et aux traditions des fêtes. C'était l'éducation la plus prestigieuse qu'un jeune métamorphe puisse recevoir, mais je devais d'abord faire mes preuves. À la première pleine lune après mon quinzième anniversaire, je me suis transformé. Le jour suivant, j'ai plongé dans les livres d'histoire des métamorphes rennes.

Je m'entraînais à chaque pleine lune et je faisais tout mon possible pour perfectionner mes compétences. Je voulais tellement faire partie de l'équipe. J'avais besoin que tout le monde voie que ma famille avait de l'honneur et de l'intégrité. Malgré nos mauvais caractères, nous étions de bonnes personnes et d'excellents rennes.

Des métamorphes rennes du monde entier font le voyage jusqu'au Pôle Nord chaque décembre pour les jeux des rennes. Les métamorphes qui vivent dans des climats glaciaux ont tendance à gagner car ils sont habitués aux conditions givrées. Des centaines y participent, et chaque année, seuls neuf sont choisis. J'en faisais partie cette année. Pas seulement l'un d'entre eux, on m'avait accordé la position de leader. J'étais si excité que j'avais l'impression d'avoir mangé cent sucettes et d'être dans un état permanent d'hyperglycémie. Je pouvais déjà sentir la magie du Père Noël couler dans mes veines. Maman disait même que je marchais un peu plus droit ; c'était vraiment un rêve devenu réalité. Pour nous tous, les Prancers.

La tradition voulait que les métamorphes choisis prennent le portail de leur famille vers le Pôle Nord à vingt heures la veille de Noël. Nous dînerions avec le Père Noël et passerions en revue les plans pour la soirée. Nous discuterions de l'itinéraire à suivre, des vitesses, des commandes et de la sécurité. Et, à minuit, lorsque la lune serait à son zénith, nous nous transformerions en rennes, nous nous équiperions et nous nous envolerions.

Je voulais montrer au Père Noël qu'il avait choisi le bon renne pour le travail. Sa confiance en moi était quelque chose que je chérissais. Je ne répéterais pas les erreurs du passé, et je prenais ma responsabilité au sérieux.

J'avais besoin d'une tenue pour le dîner qui disait : « Père Noël, je ne vous décevrai pas. » Elle devait aussi dire : « Je suis une rockstar », car c'est exactement comme ça que je me sentais.

D'habitude, je déteste faire les magasins. Je laisse ma sœur le faire pour moi ; elle est tellement meilleure pour ça. Mais ce soir était différent ; j'avais besoin de la tenue parfaite pour l'occasion.

J'avais passé une bonne partie des trois dernières heures à aller de magasin en magasin, mais rien ne semblait correspondre à ce que j'avais en tête. Je voulais quelque chose plus en accord avec Noël, quelque chose de festif et amusant.

C'est sans espoir, me suis-je dit après avoir quitté un autre magasin les mains vides.

J'observais tout le monde se presser dans les rues bien éclairées tandis que les chants de Noël résonnaient dans les haut-parleurs. Cela me donnait des frissons, mais des bons. J'aimais observer les gens, voir des personnes ordinaires vaquer à leurs occupations, inconscientes de toute la magie qui les entourait. Je me suis toujours demandé comment les choses seraient différentes si les gens ne perdaient pas leur croyance en la magie en grandissant.

C'était l'une des meilleures choses à être un métamorphe, voir et ressentir la magie dans tout ce qui m'entourait. Je me suis tourné et me suis dirigé vers Oxford Street, espérant trouver ce que je cherchais.

J'ai soupiré en admirant les décorations de Noël - les flocons de neige, les Pères Noël clignotants, et même les rennes scintillants, qui me faisaient rire. Chaque magasin semblait essayer de surpasser le précédent en termes d'esprit de Noël.

L'air était électrique ; cela me rendait encore plus excité pour minuit. J'étais tellement perdu dans le moment que je ne faisais pas attention à où j'allais. J'ai heurté une fille de plein fouet. Elle avait apparemment décidé que le milieu de la rue était l'endroit parfait pour s'arrêter et regarder dans le vide.

« Désolé », ai-je simplement dit, en la saisissant par les épaules pour que nous ne tombions pas au sol. Elle a à peine réalisé ce qui s'était passé, alors j'ai continué mon chemin. Je sentais une attraction vers Jessie's, un grand magasin. Je pouvais sentir la magie m'attirer à l'intérieur ; ma tenue m'appelait. Je pouvais le sentir.

Kayla

« **V**oulez-vous que ce cadeau soit emballé, mademoiselle ? » demanda le vendeur dont le badge indiquait Tom.

« Oui, s'il vous plaît », répondis-je avec un sourire.

Je restai là à attendre et poussai un soupir de soulagement ; j'avais enfin acheté le dernier de mes cadeaux de Noël, ma tenue pour le jour de Noël, et il me restait encore un peu d'argent.

« Jingle Bell Rock » passait sur les haut-parleurs du magasin pendant que je regardais Tom plier soigneusement la veste en cuir marron que j'avais achetée pour Papa et la placer délicatement dans une grande boîte blanche. J'admirais avec quelle élégance il pliait le papier cadeau rouge décoré de flocons de neige et le finissait avec un ruban blanc et argenté scintillant. C'était impressionnant.

Je vérifiai mon téléphone et vis que j'avais deux messages. Le premier était de ma mère qui me rappelait que le dîner était à vingt heures trente et de lui envoyer un message dès que je serais dans le train pour rentrer. Le second texto était de ma meilleure amie, Louise. Elle avait envoyé des photos de la robe et des chaussures qu'elle avait achetées pour une soirée du Nouvel An et paniquait parce qu'elle ne trouvait pas de sac assorti. Ce qu'elle ne savait pas, c'est que j'avais le sac parfait pour elle comme cadeau.

« Voilà, je vous souhaite un joyeux Noël », dit Tom en me tendant le grand sac contenant tous mes achats.

« Merci, à vous aussi ! » répondis-je en souriant avant de me diriger vers le rez-de-chaussée. Mes épaules me faisaient mal à force de porter tous ces sacs. Je regardai par les grandes fenêtres du premier étage et remarquai qu'il avait commencé à neiger. Je détestais le froid, cette sensation de ne plus pouvoir bouger ses doigts lorsque les températures glaciales gelaient vos articulations.

Je vérifiai l'heure et vis qu'il me restait environ une heure avant la fermeture du magasin et environ une heure et demie avant de devoir prendre le dernier train pour Kent.

L'idée d'attendre dans le métro londonien glacial ne me tentait guère, alors je me dirigeai vers le célèbre café de Jessie situé à côté du rayon maison. En approchant du café, l'odeur de pain d'épices, de chocolat et de café embaumait l'air. Elle m'enveloppait comme une couverture. J'inspirai profondément, ne voulant manquer aucun de ces parfums.

Le café était encore bondé ; cinq personnes faisaient la queue devant moi, mais cela ne me dérangeait pas. J'avais besoin de temps pour décider ce que je voulais. En regardant les spécialités de Noël, le mocha au chocolat à la menthe attira mon attention.

« Oui, c'est ça que je vais prendre », dis-je à voix haute plutôt joyeusement, oubliant que j'étais dans un café bondé.

Le couple devant moi se retourna et me lança un regard comme si j'étais folle. Je pouvais sentir mes joues rougir d'embarras.

« Ça a l'air bon. Qu'avez-vous choisi déjà ? » demanda une voix douce et amicale que je ne reconnaissais pas. Confuse, je me retournai et vis le garçon le plus mignon que j'aie jamais vu de ma vie. Il ressemblait à une image sortie tout droit des pages d'un magazine : grand, avec des cheveux courts et bruns, des yeux verts et une mâchoire ciselée à faire pâlir George Clooney.

« Wow », soufflai-je.

Il rit et son visage s'illumina comme un sapin de Noël. Il était incroyable ! Mon estomac se noua d'excitation, des papillons voletant, me faisant passer nerveusement d'un pied sur l'autre.

« J'ai envie de célébrer quelque chose, et je déteste boire seul. Puis-je vous offrir un café ? » demanda-t-il.

Comme c'est romantique, tout droit sorti d'une comédie romantique ! Est-ce que je voulais qu'un mec mignon m'offre un café ? ÉVIDEMMENT !

« Ce serait génial », répondis-je bien que j'eusse voulu ne pas paraître aussi enthousiaste. Il sourit et demanda : « Que prenez-vous ? »

Quand je le lui dis, il rit à nouveau et répondit : « Excellent choix. Je pense que je vais prendre la même chose. »

Je n'arrivais pas à croire qu'un garçon comme lui me parlait. Je ne suis pas du genre à me vanter ; je suis assez jolie. Mais le genre de fille avec qui des inconnus flirtent ? Mon amie Louise était ce genre de fille. Je suis petite pour mon âge, avec des cheveux bruns courts, un petit nez et des yeux trop grands pour mon visage. Cela me donne un look légèrement caricatural que la plupart des gens qualifieraient de mignon.

Au moment où nous allions nous asseoir à l'une des tables du café, son téléphone vibra. Il le consulta, et quand il releva les yeux, la joie et l'allégresse semblèrent s'échapper de son visage. Ce qui apparut ensuite fut du choc, de l'inquiétude et du regret. Il était si expressif.

« Je suis vraiment désolé, mais je dois être quelque part », et avant que je ne m'en rende compte, il était parti.

Connor

J'étais dangereusement en retard. L'une des particularités d'être un renne du Père Noël, c'est que la magie qui circule en toi le soir de Noël est plus puissante. Les métamorphes se transforment généralement à la pleine lune. Comme c'était le soir de Noël et la pleine lune, mon corps pulsait comme une boule à facettes. Je devais être dans un endroit sûr à la tombée de la nuit car j'apprenais tout juste à contrôler ma transformation.

Je me dirigeai droit vers les ascenseurs pour me retrouver nez à nez avec un panneau indiquant « hors service ». Il redirigeait les clients vers les ascenseurs du rayon jouets. Naviguer dans le rayon jouets serait comme courir un parcours d'obstacles, alors je décidai que prendre les escaliers serait plus judicieux.

Comme par malchance, la porte des escaliers était verrouillée, avec un panneau similaire affiché. Le rayon jouets allait donc être mon seul recours.

Je me frayai un chemin à travers la foule et fus soulagé de ne voir aucun panneau près des portes d'ascenseur et, plus important encore, personne d'autre qui attendait.

« Enfin », dis-je avec soulagement lorsque les doubles portes s'ouvrirent avec le bip électronique. Je me précipitai à l'intérieur, me calant dans le coin. Je fermai les yeux et commençai à chanter en accompagnant la musique qui jouait dans l'ascenseur. C'était « Douce Nuit », et c'était apaisant. En chantant, je commençai à me détendre, et l'envie de me transformer recula lentement. Inspirer, expirer.

« Retenez les portes, s'il vous plaît », cria une voix qui semblait étrangement familière. Mes yeux s'ouvrirent brusquement et, par réflexe, je tendis la main pour empêcher les portes de se fermer. Pourquoi avais-je fait ça ? Je devais sortir d'ici le plus vite possible.

« Merci beaucoup », dit la voix alors que la fille du café entrait, luttant avec la multitude de sacs qu'elle portait. Elle me regarda une fois et marmonna : « Oh, c'est toi. »

La fille joyeuse avait disparu. Celle qui se tenait devant moi était froide et en colère. Je ne pouvais pas lui en vouloir. J'avais flirté avec elle, lui avais acheté un café, et j'avais filé avant même de pouvoir lui demander son nom.

Ses grands yeux bleus, couleur d'une nuit sans lune au Pôle Nord, me regardaient impassiblement. Ces lèvres pulpeuses qui brillaient sous la lumière reflétant son gloss rose étaient pincées en une moue désapprobatrice.

Je souris maladroitement, promenant mon regard partout dans l'ascenseur pour éviter tout contact visuel. Elle se tenait dans le coin opposé, faisant face au mur plutôt qu'au goujat qui l'avait laissée en plan.

Je ne vais pas mentir - ça m'a un peu piqué. Si ça avait été n'importe quel autre jour, j'aurais sauté sur l'occasion de faire sa connaissance.

Nous sommes restés silencieux pendant que l'ascenseur se mettait en marche vers le rez-de-chaussée. *Bip* fit l'ascenseur alors que les numéros au-dessus de la porte s'illuminaient à chaque étage que nous passions, puis un grand bruit. L'ascenseur s'arrêta, les lumières vacillèrent plusieurs fois, et la musique cessa de jouer.

Je me précipitai devant la fille et appuyai sur le bouton d'ouverture, mais rien ne se passa. Pris de panique, j'appuyai sur tous les boutons, mais toujours rien.

La gravité de la situation me frappa trop rapidement. Je regardai ma montre ; il était presque dix-sept heures. Le soleil s'était couché, et la lune était sortie. Si je ne me contrôlais pas, je risquais de me transformer ici, avec elle.

Je suis grand sous ma forme de renne, plus grand que la plupart de ceux de mon âge, et je n'étais pas vraiment amical après avoir subi la transition d'homme à animal.

Dans un espace aussi petit, je l'écraserais probablement ou, au minimum, lui ferais une peur mortelle. C'était tout droit sorti d'un film d'horreur.

Je pouvais sentir la magie monter dans mes veines — des pulsations chaudes et froides traversant mon corps alors que ma forme de renne luttait pour émerger. Si je me transformais ici, non seulement j'exposerais notre espèce à une humaine, mais je risquais également de la blesser. Les avertissements du Professeur Blitzen lors de l'orientation des métamorphes résonnaient dans mon esprit : « Le contrôle est la première leçon que tout métamorphe doit maîtriser. »

Reprends-toi. Inspire, expire.

Mais je n'arrivais pas à reprendre mon souffle. Y avait-il une ventilation suffisante dans l'ascenseur ? L'espace semblait se rétrécir de plus en plus, les murs se refermant sur moi.

Kayla

énial, comme si être coincée dans un ascenseur n'était pas assez pénible, je me retrouve enfermée ici avec le garçon qui disparaît. Je me suis dit, en laissant tomber mes sacs.

« Calme-toi. Tu me rends nerveuse, » ai-je dit un peu plus brusquement que je ne l'aurais voulu. « Nous devons juste appuyer sur le bouton d'urgence, » ai-je ajouté plus doucement, en ouvrant la trappe sous les commandes. J'ai appuyé sur le bouton d'appel d'urgence et immédiatement quelqu'un a demandé : « Bonjour, comment puis-je vous aider ? »

« Nous sommes coincés. L'ascenseur s'est arrêté entre le premier étage et le rez-de-chaussée. Pouvez-vous envoyer un technicien pour nous faire sortir ? » ai-je demandé.

Nous avons attendu quelques instants avant qu'une réponse grésillante ne flotte à travers les haut-parleurs.

« Malheureusement, comme c'est la veille de Noël, nous n'avons pas de technicien sur place. Nous devrons en appeler un, et le temps d'attente actuel est d'environ deux heures. Nous vous informerons dès son arrivée. »

« Quoi ? » a crié le garçon depuis le coin opposé. Ses yeux

semblaient briller de façon surnaturelle. Pas à cause de larmes retenues, mais comme s'ils étaient éclairés de l'intérieur. *Ça doit être à cause de la lumière de secours au-dessus de nous.* J'ai chassé cette pensée et l'ai attribuée au regard que prend une personne dérangée quand elle se sent piégée.

J'ai laissé échapper un gémissement frustré, essayant d'ignorer les va-et-vient agaçants qu'il faisait dans un espace déjà suffisamment étroit. J'ai sorti mon téléphone de ma poche. *Je ferais mieux d'appeler maman et de lui faire savoir que je suis en retard*, ai-je pensé.

« Tu plaisantes j'espère ! » ai-je grogné. Il n'y avait pas de signal.

C'était mon tour de paniquer. Mon esprit s'emballait avec une centaine de pensées différentes.

Que vais-je faire ? Je ne peux pas appeler à l'aide, je ne peux pas appeler maman, et je ne peux pas vraiment demander à ce type parce qu'il a besoin de toute l'aide qu'il peut obtenir.

Croisant les bras, je me suis appuyée contre le mur et j'ai regardé comment il passait frénétiquement ses mains dans ses cheveux.

« Ça va ? » ai-je demandé, commençant à m'inquiéter sincèrement.

« Non, pas vraiment. Je dois sortir d'ici, » a-t-il bégayé.

« Je pense que tu fais une crise de panique. Assieds-toi et mets ta tête entre tes genoux, » ai-je dit avec assurance.

J'avais vu assez de crises de panique pour savoir à quel point elles pouvaient être effrayantes. Il m'a regardée avec confusion. Je jure avoir vu ses yeux scintiller à nouveau. Peut-être qu'il pleurait.

« Assieds-toi, » ai-je dit fermement, en pointant le sol. Lentement, il s'est affaissé au sol et a posé sa tête sur le dos de ses bras. Je me suis accroupie devant lui.

« Prends des respirations profondes et lentes. Inspire par le nez, expire par la bouche, » ai-je dit, ma voix aussi apaisante que possible.

Après quelques minutes, il était plus calme, et sa respiration est redevenue normale. « Merci, » a-t-il soufflé, gardant les yeux fermés. « Ça m'a vraiment aidé. »

« Je t'en prie, » ai-je dit avant de retourner de mon côté de l'ascenseur. Je me suis assise en tailleur, rassemblant mes sacs de courses autour de moi comme s'ils pouvaient me protéger d'une certaine manière.

« Je suis désolé pour tout à l'heure. Je ne voulais pas être grossier, » a-t-il commencé. « J'ai perdu la notion du temps, et je suis vraiment en retard pour un truc professionnel. Et maintenant je risque de perdre complètement le contrat, » a-t-il dit, me regardant enfin. Ses yeux ne brillaient pas, mais la tristesse qu'ils contenaient était déchirante.

J'ai sorti la boîte de *La Pâtisserie* de mon sac à dos et l'ai ouverte pour voir des sablés aux formes de Noël variées. Je lui ai tendu le biscuit en forme de renne.

« Tiens, prends un biscuit. Ça te remontera peut-être le moral ! » ai-je dit.

Il a regardé le biscuit et a commencé à rire. Je ne pouvais m'empêcher de me sentir un peu agacée. *Quel crétin.*

« Je suis contente que tu trouves ça si amusant. J'essayais juste d'être gentille, » ai-je dit. Avant que je ne puisse remettre le biscuit dans la boîte, il a saisi doucement ma main.

« Je veux le biscuit. Je suis désolé d'avoir ri. C'est juste que j'adore les rennes, et c'est celui-là que tu as choisi parmi toutes les formes de la boîte. »

Il a lâché mon bras et a tourné sa main, paume vers le haut. J'ai posé le biscuit dedans. Et quand nos mains se sont touchées, j'ai senti un frisson le long de ma colonne vertébrale et des chair de poule partout sur mon corps. Mes joues brûlaient, et au moment où j'aurais détourné le regard, j'ai aperçu ces yeux verts et j'ai été hypnotisée. Il a pris le biscuit de son autre main et l'a mis dans sa bouche.

« Salut, je m'appelle Connor, » a-t-il dit. Sa main vide attendait la mienne, flottant dans l'air entre nous. « Je m'appelle Kayla, » ai-je dit, en plaçant ma main dans la sienne.

Connor

Kayla. *Quel joli prénom.*

C'était une belle fille. Elle m'a calmé, ce qui était surprenant, vu que j'avais beaucoup de soucis. Elle me distrayait, ce qui m'aidait à contrôler la magie qui coulait en moi. Je pouvais repousser la transformation encore un peu plus longtemps.

Nous avons parlé pendant ce qui semblait être des heures. Elle m'a montré tous les cadeaux qu'elle avait achetés, sortant chaque boîte emballée et décrivant leur contenu en détail. J'aurais dû m'ennuyer à mourir, mais tout ce que Kayla disait me fascinait.

Je lui ai montré le costume à carreaux verts en trois pièces, la chemise blanche impeccable et la cravate rouge que j'avais achetés pour mon « événement professionnel ». Elle a haussé un sourcil et répondu : « Ça fera ressortir tes yeux. »

C'était de la conversation banale, mais ça semblait être un moment capital. Puis, la conversation a dérivé vers l'école, le travail et la famille. Je ne pouvais pas exactement lui raconter toute mon histoire. Alors, je lui ai dit que ma famille gérait un élevage de rennes, ce qui était en partie vrai ; nous avions des rennes ordinaires dans notre ferme que nous utilisions pour des événements, principalement autour de Noël.

Nous avons parlé de nos projets pour Noël. Je lui ai dit que ma famille allait chaque année dans le Nord pour une grande réunion de famille. C'était assez proche de la vérité. Très vite, la conversation a dérivé vers la magie de Noël. Quand elle a parlé des décorations d'Oxford Street, j'ai réalisé qu'elle était la fille que j'avais vue dans la rue. Même si elle avait perdu un peu de son innocence d'enfant, je pouvais sentir qu'elle était toujours là, tapie, voulant y croire.

Nous avons ri, plaisanté et mangé tous ses biscuits. À un moment, je me suis rapproché pour regarder les photos de sa famille et de ses amis sur son téléphone. Je lui ai montré les miennes, et elle a trouvé hilarant que j'aie aussi beaucoup de photos de rennes. Je n'ai pas mentionné que c'étaient aussi des photos de famille.

J'étais tellement absorbé par la compagnie de Kayla que j'ai oublié que j'avais failli me transformer juste devant elle. D'une certaine façon, le temps semblait s'être arrêté, comme si le monde autour de nous s'était figé juste pour que nous puissions partager ce moment. « Merci encore pour tout à l'heure. Je, eh bien, je... » ai-je bafouillé, et elle a gloussé. Ça m'a fait chavirer le cœur.

« Ce n'est rien », a-t-elle dit en posant une main sur mon bras. Nos regards se sont croisés. Ses yeux étaient magnifiques. Ils étaient grands et lui donnaient un air de poupée trop adorable pour ne pas l'aimer. Nous nous sommes regardés dans les yeux pendant ce qui semblait être une éternité. Aucun mot ne franchissait nos lèvres ; nous communiquions au niveau de l'âme.

Je me suis penché en avant et j'ai fait une pause, essayant de déterminer si elle voulait la même chose que moi. En réponse, elle s'est rapprochée un peu plus.

« Kayla, est-ce que je peux te demander quelque chose ? » ai-je demandé, si doucement que je suis surpris qu'elle m'ait même entendu.

« Bien sûr », a-t-elle chuchoté, ses yeux ne quittant jamais les miens.

« Est-ce que je peux t'embrasser ? » ai-je demandé, me rapprochant d'elle, prêt à m'arrêter si elle disait non mais espérant qu'elle ne le ferait pas.

« Mmm-hmm », a-t-elle fredonné, sa voix à peine audible tandis qu'elle se rapprochait aussi.

J'ai pressé mes lèvres contre les siennes et me suis rapproché encore plus pour pouvoir prendre son visage dans mes mains. C'était magique. Électrique. Parfait.

Kayla

Ma peau frémissait sous son toucher, et les papillons dans mon estomac semblaient danser le flamenco. Je ne voulais jamais que ce moment se termine.

C'est alors que l'ascenseur se remit brusquement en marche, et le charme fut rompu.

Nous nous sommes tous les deux redressés, surpris. Les lumières se sont rallumées, la musique a recommencé à jouer et, avant même que nous puissions réaliser, les portes se sont ouvertes sur le hall du magasin encore plein de clients. J'ai jeté un coup d'œil à ma montre ; nous n'étions restés là-dedans que quarante-cinq minutes.

Je me suis tournée vers lui avec un sourire, sur le point de lui proposer qu'on se revoie après Noël. Mais il a encore disparu comme par magie. Une minute il me caressait le visage, et la suivante, il se précipitait hors de l'ascenseur en criant : « Je suis désolé. Je dois vraiment y aller. »

Je suis restée là, à le regarder s'évanouir dans la foule.

« C'était quoi ce délire de Noël ? » ai-je dit, assez fort pour que les passants se retournent vers moi avant que les portes ne se referment. J'ai rapidement appuyé sur le bouton et suis sortie de l'ascenseur. Le technicien attendait pour s'assurer que nous allions bien. Je lui ai dit que j'allais bien et que l'autre gars avait dû partir.

Le directeur du magasin s'est confondu en excuses et m'a demandé s'il pouvait faire quelque chose. Comme j'avais manqué le dernier train, je me suis demandé s'ils pouvaient me renvoyer chez moi en taxi. Il a appelé un cab, et j'ai quitté le magasin avec un énorme panier de Noël. Pas une perte totale, finalement.

Pendant le trajet de retour, mes pensées revenaient sans cesse à ce baiser. J'avais déjà été embrassée, mais jamais comme ça. Jamais je n'avais ressenti cette connexion où le temps s'arrête comme avec Connor. Je ne pouvais m'empêcher d'être déçue à l'idée de ne plus jamais le revoir.

« Tu t'es bien amusée pendant tes achats, ma chérie ? » m'a demandé maman quand je suis rentrée. Malgré l'épreuve dans l'ascenseur, j'étais arrivée à la maison à peu près à l'heure prévue si j'avais pris le train, alors je n'ai rien mentionné. Elle n'aurait fait que s'inquiéter. En fait, je ne lui ai rien dit surtout parce que je pensais que je pourrais pleurer si je devais m'expliquer au sujet de Connor.

J'ai chassé cette pensée de mon esprit pour me concentrer sur l'instant présent : Noël avec ma famille. J'ai mangé, dansé et chanté avec maman, papa et mon petit frère Andy. J'ai aidé Andy à préparer une assiette de lait et de biscuits pour le Père Noël avant qu'il n'aille se coucher.

« N'oublie pas les carottes pour les rennes », a insisté Andy.

Après avoir mis Andy au lit, je me suis glissée dans le mien et me suis endormie.

Connor

J'ai couru jusqu'à chez moi, serrant mon sac de courses et répétant le nom de Kayla comme un mantra. J'ai dû avoir l'air d'un adolescent dérangé, mais cela a eu l'avantage de me dégager un passage dans Oxford Street. Le souvenir de notre baiser m'a aidé à garder forme humaine.

Quand je suis arrivé à la maison, tout le monde s'inquiétait. Je me suis affalé contre la porte comme si j'avais été poursuivi par des bandits. J'étais en sécurité. La maison était enchantée pour nous empêcher de nous transformer à l'intérieur – ça devenait vite désordonné.

« On t'attendait depuis des heures ! » a dit maman. Elle a jeté un coup d'œil à mon regard sauvage et n'a pas posé plus de questions quand j'ai simplement répondu : « Longue histoire. »

Il n'y avait pas le temps pour une douche, alors je me suis rafraîchi rapidement et j'ai enfilé mon nouveau costume.

« Comment je suis ? » ai-je demandé en revenant dans le salon.

« Tu es superbe, mon fils », a dit papa, la voix un peu étranglée en vérifiant ma cravate.

« S'il te plaît, ne porte jamais ça ici à Londres », a dit ma sœur, observant d'un œil critique le costume à carreaux. J'ai souri à cette taquinerie bienveillante.

Nous avons pris un léger dîner de Noël en famille avant que je doive partir pour le Pôle Nord. J'ai donné à ma famille la version tous publics de mon aventure au grand magasin. Chacun a partagé ses propres histoires de situations délicates.

Quand il a été temps de partir, je me suis tenu devant le portail, alias la cheminée, et j'ai souhaité un joyeux Noël à ma famille. Je dormirais chez le Père Noël après la livraison et rentrerais après le brunch de débriefing.

L e dîner avec le Père Noël et les autres était incroyable. Non seulement la nourriture était délicieuse, mais elle semblait ne jamais s'épuiser. C'était comme les festins dans Harry Potter. J'ai découvert que j'avais un appétit sans fond. Le Père Noël a expliqué que nous travaillerions pendant douze heures d'affilée et que nous aurions besoin de toutes nos forces. Alors qu'il recevrait un flot constant de biscuits et de lait, tout ce que nous obtiendrions seraient quelques carottes à partager.

Quand ce fut enfin l'heure du départ, j'ai cru mourir d'excitation. Je me tenais droit et fier à l'avant du groupe, portant l'écusson d'or de ma famille autour du cou.

« Offrons aux enfants du monde le meilleur Noël qui soit. En avant Danseur ; montre-nous le chemin », a tonné le Père Noël.

Tandis que le Père Noël secouait les rênes, un brouillard doré scintillant s'est élevé et s'est enroulé sous le traîneau. Les rennes ont tous grogné de joie, et j'ai su que c'était mon signal de départ. J'ai chargé en avant, grimpant un escalier invisible et prenant de la vitesse. Bientôt, nous filions à travers les cieux. Les Danseurs étaient de retour, et nous étions là pour rester.

Kayla

« K ayla, Kayla, viens vite, on va ouvrir les cadeaux », a crié Andy en se précipitant dans ma chambre, sautant sur mon lit avec une joie enfantine.

Je lui ai fait un câlin serré et je l'ai suivi en bas. Le sapin était magnifique comme toujours, parfumé et luxuriant.

Maman mettait un point d'honneur à décorer le sapin. Cette année, son thème de couleurs était argent et bleu. Des boules, des flocons de neige et des rubans décoraient l'arbre avec tant d'élégance. Une grande étoile en verre argenté trônait fièrement au sommet.

« Allez, Kayla, ouvre les cadeaux avec moi », gazouillait mon frère, dansant autour de l'arbre à la recherche des cadeaux portant son nom. Il a lancé un cadeau à Papa, qui l'a presque raté. Il sortait de la cuisine et essayait de ne pas renverser sa tasse de café.

« Attends une seconde, champion », a dit Papa, posant sa tasse festive sur une table d'appoint et nous enveloppant chacun dans une étreinte.

Maman a fait de même et est venue s'asseoir à côté de moi sur le canapé.

Andy a couru vers moi et a dit : « Regarde, celui-ci est pour toi », a-t-il rayonné en me tendant une petite boîte rouge enveloppée d'un ruban en tartan vert. J'ai tiré sur le ruban et ouvert la boîte. Quand j'ai vu ce qu'il y avait à l'intérieur, chaque centimètre de mon corps s'est hérissé de chair de poule.

À l'intérieur se trouvait un biscuit en forme de renne avec un ruban doré attaché autour de son cou et une petite carte.

Joyeux Noël, Kayla.
Appelle-moi demain.
Connor xo
0203 978 5555

Kayla

Malgré le froid de ce lendemain de Noël enneigé, j'étais assise sur la balançoire que Papa avait construite pour Andy dans notre jardin. À ma grande surprise, je n'avais pas froid ; l'adrénaline pulsait dans mes veines tandis que je fixais la carte que j'avais trouvée sous le sapin de Noël.

Comment est-elle arrivée sous le sapin ? Devrais-je appeler ? me demandai-je en me balançant d'avant en arrière.

Une partie de moi craignait qu'il s'agisse d'une mauvaise blague, mais je n'avais parlé de Connor à personne. N'importe qui aurait peur, et si j'en parlais à Louise, je pouvais garantir que sa réponse serait : « Harceleur ! » Si je décidais d'appeler Connor, je voulais garder notre relation secrète jusqu'à ce que je sache qu'il resterait, car avouons-le, il a la réputation de s'enfuir.

L'emballage en tartan vert me faisait penser au costume qu'il m'avait montré dans l'ascenseur. Je me demandais à quoi il ressemblait dedans. Est-ce que le vert mettait ses yeux en valeur comme je l'avais imaginé ? Ces yeux. Ils avaient brillé et scintillé quand nous étions coincés ensemble dans l'ascenseur. Je repensais à notre conversation ; il avait été vague sur une grande partie de sa vie, et j'avais simplement ignoré l'étrangeté de ses yeux brillants et magnifiques. Avait-il un secret ? Voulais-je le découvrir ?

Une légère brise me caressa, faisant frissonner ma peau dans le froid, et je jure que l'écriture a brillé un peu plus fort dans ma main. Je pouvais encore sentir le baiser de Connor sur mes lèvres. Une partie de moi voulait le revoir et en apprendre davantage. J'ai sorti mon téléphone et commencé à composer son numéro.

« Kayla ? Que fais-tu dehors ? Il gèle ; rentre avant d'attraper froid. Tante Sandra et le reste de la famille sont en route pour les festivités du lendemain de Noël. Tu devrais te préparer », lança joyeusement Maman. Elle était encore plongée dans l'esprit de Noël.

C'était sa période préférée de l'année, et elle adorait organiser des événements pour réunir toute la famille. Si Tante Sandra était en route, ma cousine préférée, Crystal, l'était aussi. Elle était plus âgée que moi ; elle saurait quoi faire à propos de Connor.

« J'arrive, Maman ! » souris-je, remettant la carte dans ma poche avec mon téléphone avant de courir à l'intérieur.

« Sandra ! Les filles ! Tellement contente que vous ayez pu venir », s'exclama Maman, étreignant tout le monde avec enthousiasme à la porte.

« Et manquer ta fameuse fête du lendemain de Noël ? Jamais ! » sourit Tante Sandra, serrant Maman étroitement et lui tendant une bouteille de vin rouge - comme elle le faisait chaque année.

Très vite, des proches des deux côtés de ma famille sont arrivés, et la maison était en effervescence. La musique emplissait chaque pièce, et les rires et les acclamations remplissaient l'air. Mes jeunes cousins jouaient dans la chambre d'Andy avec tous ses nouveaux jouets. Papa était « joyeux » et s'était mis à chanter du karaoké dans la brosse à cheveux de Maman au milieu du salon.

Dans ces moments-là, je me rendais compte de la chance que j'avais d'avoir une famille aussi nombreuse et aussi unie. Environ deux heures après le début de la fête, ma cousine Crystal est arrivée. Elle s'est garée dans sa nouvelle voiture de sport rouge et est entrée dans la maison comme une superstar. Elle était toujours si glamour et l'une de mes personnes préférées.

« Hey, désolée d'être en retard. J'étais coincée dans une réunion de travail. Mais la fête peut officiellement commencer maintenant que je suis là », s'exclama Crystal en faisant des bises en l'air à chacun de nous.

« Travailler le lendemain de Noël ? » grogna Oncle Brian, enveloppant Crystal dans une étreinte. Elle vérifia immédiatement que sa tenue était toujours bien repassée tout en gardant un sourire éblouissant sur son magnifique visage.

« Les joies d'être avocate, Oncle B. Le travail ne s'arrête pas juste à cause des vacances. »

Une fois qu'elle eut salué tout le monde et se fut versé un verre du fameux punch du Boxing Day de Maman, je lui ai saisi la main et l'ai tirée loin de la foule vers une partie relativement calme de la maison.

« Hey, cousine. Je suppose que tu as des potins croustillants pour moi ? » rit Crystal, enlevant ses escarpins rouges et se blottissant avec moi dans la fenêtre en baie de la pièce du fond.

« J'ai besoin de ton conseil », lâchai-je, consciente d'avoir omis toutes les politesses que nous aurions pu échanger.

« Oooh, c'est à propos d'un garçon ? Vas-y ! Raconte-moi tout ; comment puis-je t'aider ? » demanda-t-elle avec enthousiasme.

Je lui ai tout raconté sur la veille de Noël. Comment Connor m'avait acheté un café... puis s'était enfui ; comment nous étions coincés dans l'ascenseur et avions partagé un moment suspendu dans le temps. Comment nous nous étions connectés, et comment il m'avait fait ressentir toutes ces émotions. Comment nous nous étions embrassés, et il avait disparu.

Crystal m'écoutait attentivement. Je lui ai expliqué qu'il avait eu peur de manquer quelque chose au travail. Étant elle-même une bourreau de travail, elle comprenait. Je lui ai dit comment ses yeux avaient brillé d'une façon que je ne pouvais expliquer.

« Puis, le matin de Noël, Andy a trouvé ça sous le sapin. » Je lui ai tendu la carte et montré la photo du biscuit en forme de renne sur mon téléphone.

« Mignon, ça correspond au costume qu'il a acheté », sourit-elle.

« Crystal ! » insistai-je.

« Je suis désolée », rit-elle. « Que fait-il comme travail déjà ? »

« Il ne l'a pas dit, mais je suppose que c'est lié aux fêtes. »

« D'accord, alors examinons cela objectivement. C'était la veille de Noël ; il était pressé pour un événement de travail qu'il ne pouvait pas manquer. Sa famille travaille avec des rennes, et son numéro apparaît dans une boîte sous ton sapin le matin de Noël. Hein ! Peut-être qu'il est l'un des lutins du Père Noël ! »

J'ai regardé Crystal avec agacement ; je n'aimais pas qu'elle se moque de moi.

« Écoute, est-ce que tu l'aimes bien, ce gars ? » demanda-t-elle en prenant une gorgée de son punch.

J'ai hoché la tête, un peu trop vigoureusement pour paraître décontractée. Mais c'était Crystal ; elle ne me jugerait pas.

« Alors appelle-le. Qu'est-ce qui pourrait arriver de pire ? » Elle m'a fait un clin d'œil avant de partir accueillir son petit ami à la fête.

Je suis restée assise à regarder par la fenêtre, l'observant sortir de sa voiture. Crystal a couru dehors, l'enlaçant avant de le guider à l'intérieur. Un lutin de Noël ? J'en doutais. Mais je ne pouvais pas me défaire de l'impression que d'une manière ou d'une autre, même si je ne pouvais pas l'expliquer, la magie de Noël était impliquée. J'ai pris mon téléphone et j'ai fixé la carte, me demandant encore si je devais appeler.

Connor

La nuit de Noël avait été un immense succès. Nous avons battu le record de temps, dépassant le meilleur tour du monde détenu par la famille Blitzen depuis presque cent ans. J'ai si bien mené le traîneau que le Père Noël m'a accordé un vœu. Je lui ai raconté l'histoire de Kayla et comment je l'avais quittée sans lui donner mon numéro. Avec un « Ho-Ho-Ho », il a agité sa main et m'a présenté une boîte décorée pour assortir à mon costume, contenant un biscuit en forme de renne et une carte vierge.

« Écris-lui un message, et je le lui livrerai », a rayonné le Père Noël.

« Merci, Père Noël », ai-je répondu avec un grand sourire.

« Tu l'as mérité ce soir, Connor. Tu as restauré l'honneur de ta famille. Tu devrais être fier. »

Entendre cela de la bouche du grand homme lui-même, dire que j'étais fier serait un euphémisme. J'avais hâte de rentrer à la maison et de le raconter à mes parents.

En approchant à nouveau du Pôle Nord, j'admirais la vue en contrebas. La plupart des humains imaginaient un simple atelier, mais la réalité était bien plus impressionnante. D'en haut, je pouvais

voir les lumières dorées du village s'étendant dans toutes les direc-
tions, avec des bâtiments de tailles diverses nichés entre d'imposants
conifères. Au loin se dressait la silhouette imposante d'une grande
structure que je reconnaissais comme le hall principal de l'Université
du Pôle Nord, où de nombreux métamorphes et êtres magiques
étudiaient les arts de la magie des fêtes et l'équilibre des saisons.

« C'est beau, n'est-ce pas ? » a dit l'un des autres rennes métamorphes à côté de moi. « Peut-être que tu fréquenteras l'UPN
l'année prochaine. Après ta performance de ce soir, je dirais que tu as
de bonnes chances. »

J'ai acquiescé, me permettant d'espérer. L'université représentait
tout ce dont j'avais toujours rêvé : une chance d'en apprendre davantage sur mon héritage, de développer mes capacités et, peut-être plus
important encore, de continuer à restaurer la réputation de ma
famille.

Le lever du soleil était dans quelques heures. Le temps entre la
fin de la distribution des cadeaux et le lever du soleil était
réservé à la fête pour le Père Noël, les rennes et les lutins. Nos familles
nous rejoindraient pour une autre célébration au lever du soleil.

En arrivant à l'atelier du Père Noël, nous avons rangé le traîneau
et nos harnais avant de nous diriger vers le festin. Après m'être
retransformé dans mon costume, je suis entré dans la salle à manger
sous un tonnerre d'applaudissements. Des canons à confettis ont
explosé et des trompettes ont retenti. Tous mes compagnons métamorphes se sont alignés, applaudissant leurs félicitations et me tapant
dans le dos. C'était un rêve devenu réalité, et pourtant je me sentais
dégonflé. Quelque chose manquait, et je n'arrivais pas à identifier
quoi.

Nous avons festoyé, et les lutins ont formé leur groupe et ont joué pour nous jusqu'au lever du soleil. J'ai même eu l'honneur de danser avec Mère Noël.

« Je suis si fier de toi, mon fils. Ton grand-père serait fier aussi », m'a dit papa avec des larmes de joie dans les yeux en me serrant dans ses bras.

Papa n'était pas du genre à faire des câlins, donc c'était plutôt exceptionnel. Même maman et ma sœur étaient choquées. J'ai été encore plus surpris quand ma sœur m'a fait un compliment.

« Pas mal. Peut-être que je devrais participer aux jeux des rennes l'année prochaine. Tu sais, suivre les traces de mon petit frère. » Elle a fait un clin d'œil avant de partir en courant avec ses amis.

« Mon garçon... Je... » a bégayé maman, des larmes coulant sur son visage.

« Je t'aime aussi, maman. » J'ai ri en la serrant fort dans mes bras.

Au fil de la journée du 26 décembre, les discussions se sont tournées vers les préparatifs de l'année suivante et à quoi ressembleraient les jeux des rennes l'année prochaine. Les choses ne s'arrêtaient jamais au Pôle Nord. Mais tandis que les célébrations continuaient, je me suis rendu compte que je ne pouvais pas m'empêcher de vérifier mon téléphone. Je me demandais si Kayla avait reçu mon message, si elle avait réalisé qu'il venait de moi, et si elle allait appeler.

Je me suis faufilé jusqu'aux étables et me suis détendu dans les bottes de foin en pensant à Kayla. Ses yeux, son sourire, et la petite rangée de taches de rousseur sur son nez. Elle avait été si gentille avec moi quand je l'avais laissée en plan. Elle était vraiment spéciale.

« Hé, qu'est-ce qui ne va pas ? Quand je t'ai vu t'éclipser d'une fête en ton honneur, j'ai su que quelque chose clochait », a dit Samantha en me rejoignant dans la grange et en m'offrant un verre de punch à la menthe poivrée – le préféré des métamorphes.

« Je vais bien. C'est juste que ça a été une longue nuit. Je suis fatigué », ai-je menti.

« Connor ? Allez », m'a-t-elle encouragé en me donnant un petit coup d'épaule.

« Qu'est-ce qui te fait croire que quelque chose ne va pas ? »

« Appelle ça l'intuition d'une grande sœur. Maintenant, crache le morceau », a-t-elle insisté.

Je n'ai jamais pu rien cacher à Samantha ; elle était la meilleure grande sœur qu'un métamorphe puisse souhaiter. J'avais déjà parlé de Kayla à ma famille la veille au soir, juste avant de traverser notre portail familial. J'ai expliqué que je craignais que même un message béni avec un peu de magie de Noël ne suffise pas, et que j'avais gâché les choses avec elle avant même qu'elles n'aient eu une chance de commencer.

« Je veux dire, je ne peux pas lui en vouloir de ne pas appeler. Je ne suis pas parti qu'une fois, mais deux. Et juste après qu'on se soit embrassés », ai-je dit, grimaçant à ce souvenir.

« Attends ! Tu as négligé de nous raconter cette partie de l'histoire hier soir », a dit Samantha, s'étouffant presque avec sa boisson.

« Oui, on s'est embrassés. Et c'était comme si ça avait rompu le sort. Les portes de l'ascenseur se sont ouvertes, et j'ai filé. Je l'ai juste laissée là. Le Père Noël m'a accordé un vœu hier soir... »

« Le Père Noël t'a accordé un vœu ? Qu'as-tu souhaité ? » a demandé Samantha avec excitation.

« J'ai souhaité que Kayla ait mon numéro. Il l'a laissé sur une carte enroulée autour du cou d'un biscuit en forme de renne. J'ai trouvé que c'était une touche adorable », ai-je dit avec un sourire.

« Espèce de grand romantique désespérément sentimental, va. De toutes les choses que tu pourrais souhaiter, tu choisis *ça* ? Tu réalises que le Père Noël n'offre pas des vœux à n'importe qui. Je ne me souviens même pas de la dernière fois qu'il a proposé un vœu, d'ailleurs », répondit-elle en tapotant sa lèvre supérieure.

« Sam, allez, c'était mon vœu. J'ai guidé son traîneau, j'ai restauré l'honneur de notre famille et j'ai remporté les jeux des rennes. Que pourrais-je souhaiter de plus ? J'ai tout... sauf la fille ! »

« C'est juste. Tiens bon, petit frère. Si elle est aussi spéciale que tu le dis, elle verra la magie en toi que nous voyons tous les jours. »

Samantha me tapota la tête et ébouriffa mes cheveux, exactement comme elle le faisait depuis que nous étions enfants.

Samantha retourna à la fête, me laissant seul avec mes pensées tandis que j'observais le coucher de soleil sur le Pôle Nord. Le jour céda la place à la nuit alors que la dernière lueur orangée du soleil descendait derrière les collines enneigées et que la lune brillait intensément dans le ciel. Je sentais tous mes espoirs d'avoir des nouvelles de Kayla commencer à s'évanouir.

J'affichais un faux sourire et retournais à la fête. Ce ne serait pas convenable que le renne vedette s'absente trop longtemps. Je sentis mon téléphone vibrer dans ma poche. En le sortant, je vérifiais le numéro ; c'était un numéro que je ne reconnaissais pas. La magie en moi s'agita.

« Allô ? » répondis-je avec hésitation.

« Connor ? C'est Kayla. Je ne sais pas comment, mais j'ai trouvé ton numéro sous mon sapin de Noël », dit-elle. Je ne pus m'empêcher de sourire.

« Disons que c'est un peu de magie de Noël. Je suis tellement content que tu aies appelé. »

Kayla

Nous avons parlé pendant des heures de nos journées de Noël respectives et avons prévu un rendez-vous pour le lendemain. Il m'a fait rire quand il a promis de ne pas s'enfuir cette fois. Plus nous discutions, plus mes doutes et réserves concernant mes chances avec Connor s'envolaient dans le vent hivernal. Je lui ai souhaité une bonne nuit et j'ai raccroché.

Dès que j'ai terminé l'appel, j'ai traversé la maison en courant, encore pleine de membres de la famille, à la recherche de Crystal. Je l'ai trouvée au téléphone dans la cuisine, probablement avec un client. J'espérais être un jour aussi heureuse et accomplie qu'elle.

« Hey, cousine, tu as l'air plus heureuse que tout à l'heure », a-t-elle dit en terminant son appel.

« Je l'ai appelé », lui ai-je dit en m'arrêtant devant elle, essoufflée par ma course folle.

« Et alors... ? »

« On a rendez-vous demain. Je suis tellement nerveuse », ai-je avoué.

« Pas étonnant, vu comment s'est passée votre première rencontre. Mais laisse-moi te dire une chose : les premières impressions ne sont parfois pas si importantes. Donne une chance à ce garçon. On ne sait jamais. Vous pourriez vous embarquer dans une histoire romantique magique. »

Elle a posé ses mains sur mes épaules et m'a guidée jusqu'à ma chambre pour m'aider à choisir la tenue parfaite. Notre rendez-vous était prévu au café de Jessie. Je trouvais poétique d'avoir notre premier rendez-vous officiel là où tout avait commencé. Après avoir passé ma garde-robe au peigne fin, Crystal a secoué la tête.

« Rien de tout ça ne convient. »

« J'aime bien mes vêtements », ai-je rétorqué.

« Il n'y a rien de mal avec tes vêtements, mais nous avons besoin de quelque chose de spécial pour ce rendez-vous. Je reviens tout de suite », a-t-elle dit.

Crystal est allée jusqu'à sa voiture et est revenue avec une valise. Elle avait récemment voyagé pour le travail. Elle a sorti une jupe patineuse bleue, un t-shirt gris et noir avec une bordure en dentelle et mes bottines noires préférées. Elle a ajouté sa ceinture Gucci noire et quelques bijoux puis a reculé pour observer la tenue.

« Il manque quelque chose... Attends ! Je sais », a-t-elle dit en vidant le contenu de sa valise sur mon lit.

« Voilà », s'est-elle exclamée, brandissant sa veste en cuir « porte-bonheur ».

J'avais toujours admiré le sens de la mode de Crystal et je savais à quel point elle aimait cette veste. Ça signifiait beaucoup qu'elle me la confie pour mon grand rendez-vous.

J e me tenais devant le grand magasin, resserrant anxieusement mon écharpe pour me protéger du froid. Connor avait cinq minutes de retard, et je craignais qu'il ait finalement renoncé à notre rendez-vous.

Après cinq minutes supplémentaires, j'en avais assez. J'ai sorti mon téléphone pour envoyer un message à Crystal lui disant que c'était un échec quand il m'a bousculée, me rattrapant par les épaules pour me stabiliser.

J'étais prête à lui lancer une remarque cinglante jusqu'à ce que je plonge dans ses yeux émeraude. Ils semblaient plus brillants que dans mon souvenir, et j'ai été envahie par cette même sensation magique que j'avais ressentie la première fois que je l'avais vu.

« Salut », ai-je murmuré.

« Salut », a-t-il dit, puis il a cligné des yeux et a poursuivi, « Je suis vraiment désolé d'être en retard. La circulation était horrible, et j'ai oublié mon téléphone... au bureau. » Il m'a adressé ce qui devait être son regard d'excuse le plus charmant. Et ça a totalement fonctionné.

« Je commençais à croire que tu ne viendrais pas », ai-je avoué.

Il a repoussé mes cheveux derrière mon oreille et m'a regardée droit dans les yeux, « J'ai déjà fait une erreur ; je n'ai pas l'intention de recommencer. Chocolat-menthe Moka, c'est bien ça ? Si tant est qu'ils servent toujours le menu de Noël », a-t-il dit en m'offrant son bras.

Le rendez-vous était formidable ; nous partagions les mêmes goûts en matière de musique, de films et de livres. Nous étions tous les deux très proches de nos familles. Je lui ai parlé de mes projets d'aller à l'université pour étudier le droit comme ma cousine Crystal et de mon espoir de déménager à L.A. un jour.

Connor était beaucoup plus détendu que lors de notre conversation dans l'ascenseur, mais j'avais toujours l'impression qu'il se retenait. Sa façon de marquer une pause avant de parler me donnait le sentiment qu'il cachait quelque chose. Comme s'il mesurait constamment ses mots, s'assurant d'en dire juste assez pour maintenir mon intérêt, mais pas trop pour ne pas se trahir. C'était un peu déconcertant.

Il a bégayé quand je l'ai confronté et a répondu : « Tu as raison.

Je n'ai pas l'habitude de passer du temps avec des personnes en dehors de mon cercle. Ça me rend maladroit. »

C'était une réponse sincère, mais qu'est-ce que ça signifiait vraiment ?

Connor était assis, tripotant sa cuillère. Était-ce un signal d'alarme ? Si je laissais passer ça, est-ce que ma photo apparaîtrait dans le journal de demain sous le titre « *Londonienne disparue retrouvée morte dans une ruelle d'Oxford Street* » ?

Arrête d'être aussi dramatique, Kayla.

« Ce n'est pas grave. Nous avons tout le temps du monde pour apprendre à nous connaître », ai-je répondu, et j'étais heureuse de voir ses épaules se détendre tandis qu'il soupirait de soulagement.

« Alors, est-il prudent de dire qu'un deuxième rendez-vous pourrait être envisageable ? » a-t-il demandé, le regard plein d'espoir.

« Si tu joues bien tes cartes », ai-je répondu, étonnée par ma propre audace.

« Je suis un excellent joueur de cartes », a-t-il répliqué, les yeux pétillant de joie.

Mon cœur a fait un bond quand son sourire a rencontré le mien.

Une fois nos boissons terminées, nous avons décidé qu'il était temps de partir. Il se faisait tard, et ma maison était encore pleine d'invités que je dérangerais si je rentrais aux petites heures.

Pendant que j'attendais mon Uber, nous avons convenu d'aller voir un film le lendemain soir. Le nouveau James Bond était sorti, et nous étions tous deux impatients de le voir.

Quand ma voiture est arrivée, je lui ai souhaité bonne nuit. Il a ouvert la portière, mais avant que je puisse me glisser à l'intérieur, il a pris mon bras et s'est penché près. Très près.

Comme si sa proximité ne m'avait pas déjà mise sur la voie, il a chuchoté : « Est-ce que je peux t'embrasser pour te souhaiter bonne nuit ? »

J'ai souri, mon cœur battant si fort qu'il me coupait presque le souffle, mais j'ai réussi à répondre : « Tu n'as pas besoin de demander à chaque fois. »

Pour prouver mon point, j'ai attrapé les revers de sa veste et l'ai attiré plus près, pressant mes lèvres contre les siennes. Il avait le goût du pain d'épices et de la menthe poivrée, et pendant un instant, j'ai eu l'impression que nous tournions. Ce baiser était aussi magique que notre premier, sauf que lorsque j'ai ouvert les yeux, il était toujours là. J'ai souri. Il a souri. Le chauffeur Uber a aboyé : « Vous montez ou quoi !? »

Nous avons éclaté de rire. Connor a embrassé mon front et m'a guidée dans la voiture. « À demain », a-t-il dit en fermant la portière.

Je lui ai fait signe pendant que la voiture s'éloignait, incapable de réprimer ce sourire idiot qui s'étalait d'une oreille à l'autre. Quand je ne pouvais plus le voir, j'ai vérifié mon téléphone, espérant qu'il m'aurait peut-être envoyé un message. Ce n'était pas le cas, mais Crystal l'avait fait.

Crystal : Alors, comment ça s'est passé ?

Je n'avais pas la patience d'écrire des messages, alors je l'ai appelée à la place. Elle a répondu dès la première sonnerie.

« Alors ? Ma veste porte-bonheur a fonctionné ? » a-t-elle demandé, et je pouvais entendre son sourire à travers le téléphone.

« Oui », ai-je répondu avec un petit rire.

« Je suppose que les choses se sont bien passées ? »

« C'était... magique », ai-je dit, appuyant ma tête contre la vitre gelée. Je ne sentais pas du tout le froid.

Connor

En attendant devant le cinéma, je n'arrivais pas à croire à ma chance. J'avais atteint mon objectif et obtenu un second rendez-vous avec cette magnifique fille. Les rêves devenaient vraiment réalité ! Plus j'apprenais à connaître Kayla, plus il devenait difficile de garder mon secret. Je me demandais combien de temps s'écoulerait avant que je ne fasse une gaffe, que je ne lui fasse peur, ou que je ne perde complètement sa confiance.

« Salut, j'espère que tu n'attends pas depuis longtemps », l'ai-je entendue dire alors qu'elle sortait d'une élégante voiture de sport rouge. Immédiatement, mes poils se sont hérissés jusqu'à ce que je voie une femme magnifique me faire signe de la main depuis le siège conducteur. J'ai levé la main tout en tournant mon regard vers Kayla.

La voiture et la femme furent instantanément oubliées quand je me suis plongé dans les profondeurs océaniques des yeux de Kayla. Toutes mes inquiétudes concernant la révélation de mon secret se sont dissipées. Cela pouvait attendre encore un peu.

J'ai hésité à l'embrasser à nouveau, mais j'étais un peu intimidé par la personne qui avait accompagné Kayla. J'ai donc posé une main dans le creux de son dos et je l'ai guidée dans le cinéma. J'ai acheté les billets et j'ai laissé Kayla choisir les en-cas. Quand elle a insisté pour les payer, j'ai souri et je l'ai remerciée. Samantha m'avait prévenu qu'il pourrait y avoir ce genre de test.

Nous avons trouvé nos places, et elle s'est blottie contre moi naturellement. Je n'ai même pas eu besoin de glisser un bras autour d'elle. C'était agréable de l'avoir là.

J'aimerais pouvoir dire que le film était génial, mais j'étais trop distrait par Kayla. Elle était totalement absorbée par le film, s'agrippant à mon bras pendant les scènes d'action, soupirant aux moments romantiques et riant aux éclats aux répliques comiques. Elle était le spectacle que je paierais pour voir chaque jour. Elle s'est amusée, et c'est tout ce qui comptait.

« Je suis tellement contente qu'on ait fait ça », m'a-t-elle dit en quittant le cinéma.

« Moi aussi. Alors, je suppose que tu as aimé le film ? » ai-je demandé, sur un ton ironique, mais elle n'a pas du tout saisi le sarcasme. Elle m'a parlé de ses moments préférés du film, et tout ce que je pouvais faire était sourire et acquiescer, ravi par son effervescence.

« Qu'est-ce qu'on pourrait faire pour notre troisième rendez-vous ? » ai-je demandé, espérant qu'elle accepterait.

« Ma meilleure amie Louise organise une fête pour le Nouvel An, si tu veux venir », m'a-t-elle répondu avec enthousiasme.

Le réveillon et le jour de l'An étaient toujours des moments importants au Pôle Nord. C'était à ce moment-là que le Père Noël remettait les prix aux plus performants, et que tout le monde recevait ses fonctions annuelles. Il y avait toujours un festin, et les lutins présentaient un spectacle de talents - ils étaient de vrais cabotins, mais, à leur décharge, nous étions le seul public pour lequel ils pouvaient jouer. Je voulais l'accompagner et rencontrer ses amis, mais j'avais déjà des projets.

« J'adorerais rencontrer tes amis », ai-je dit sincèrement.

« Alors, tu viendras ? » a-t-elle demandé, et ses yeux se sont illuminés comme le premier matin du printemps.

« J'aimerais beaucoup, mais j'ai déjà prévu quelque chose avec ma famille. Peut-être qu'on pourrait aller dîner après le Nouvel An, et tu pourrais inviter Louise », ai-je suggéré.

Son visage s'est assombri, et elle a dit : « Bien sûr, on peut faire ça. »

Elle a regardé sa montre et a dit qu'elle devrait envoyer un message à sa cousine avant qu'il ne soit trop tard.

« Je vais attendre avec toi jusqu'à ce qu'elle arrive », ai-je répondu.

Elle devait déjà être en route parce que nous avons à peine eu le temps d'échanger quelques idées de restaurants avant que la voiture de sport rouge ne revienne. Je lui ai ouvert la portière mais je me sentais trop gêné pour l'embrasser devant un public. Soit elle ressentait la même chose, soit j'avais tout gâché car elle m'a fait une bise sur la joue et m'a dit de l'appeler dans quelques jours.

Kayla

Je me sentais mal pour la façon dont les choses s'étaient terminées. Certes, j'étais déçue que Connor ait des projets pour le Nouvel An, mais honnêtement, pouvais-je vraiment être surprise qu'il ait des plans ? Qui n'en avait pas ?

Une fois que j'avais discuté du rendez-vous avec Crystal et lui avais souhaité bonne nuit, je suis restée allongée dans mon lit à me demander quoi faire. Si je ne lui envoyais pas de message maintenant, il pourrait penser que je n'étais plus intéressée.

Je me suis redressée dans mon lit, j'ai attrapé mon téléphone et lui ai envoyé un message rapide.

> Moi : J'ai passé un moment très agréable ce soir. Je sais que tu as des projets demain soir, mais peut-être pourrions-nous faire une promenade à un moment dans la journée ?

J'ai attendu ce qui semblait être une éternité. Quand il m'a paru évident qu'il ne répondrait pas, j'ai reposé mon téléphone sur la table de nuit. *Il dort probablement déjà.* J'ai essayé de me mettre à l'aise, mais je n'arrêtais pas de me retourner, pensant que j'avais tout gâché.

Quand j'ai entendu la sonnerie caractéristique, je me suis jetée sur mon téléphone.

Connor : Je suis si heureux que tu aies écrit. J'ai passé un super moment aussi. Richmond Park à onze heures, ça te va ?

J'ai agité mes jambes en l'air et poussé un petit cri étouffé dans mon oreiller.

Moi : Je t'y retrouverai. Bonne nuit, Connor.
Connor : Bonne nuit, Kayla.

Comment j'ai réussi à m'endormir reste un mystère. Quand je me suis réveillée le lendemain, le soleil brillait et la vie était belle.

J'ai pris mon petit-déjeuner avec ma famille et j'ai pris un train pour Richmond Park. À mon arrivée, Connor m'attendait à l'entrée piétonne de Petersham. J'ai couru vers lui et me suis arrêtée brusquement devant lui quand j'ai réalisé que j'étais beaucoup trop enthousiaste. Comme Connor souriait comme un fou, j'ai supposé qu'il était, lui aussi, heureux de me voir.

Nous nous sommes tenus là, maladroitement, ne sachant pas comment nous saluer. Puis, Connor a pris l'initiative et m'a enveloppée dans une étreinte.

« Bonjour, Kayla », a-t-il dit, son souffle chaud près de mon oreille.

« Bonjour, Connor », ai-je répondu, un peu essoufflée.

Quand nous nous sommes séparés, je lui ai demandé ce qu'il y avait dans son sac à dos.

« Il faut environ trois heures pour parcourir tout le parc. Je me suis dit qu'on aurait faim. Et j'ai aussi apporté des vêtements supplémentaires au cas où on aurait froid », a-t-il dit.

« Wow, tu es venu préparé. C'est ici que tu emmènes toutes les filles pour une randonnée d'hiver ? » ai-je demandé en lui donnant un petit coup d'épaule.

Il a rougi, et son air complètement consterné m'a tout dit ce que j'avais besoin de savoir.

« Je jure que je n'ai jamais amené une fille ici. À part ma sœur, mais je ne pense pas que c'est ce que tu voulais dire. »

« C'est bon. Je plaisantais. Tu devrais voir ta tête ! » l'ai-je taquiné.

Il a fait signe vers le chemin, et je me suis mise à marcher à ses côtés.

« Je viens souvent ici avec mes parents », a-t-il dit.

« C'est vrai. Tu as une ferme de cerfs », ai-je dit.

« C'est plus une réserve de conservation des cerfs qu'une ferme, mais oui. Ils abattent les cerfs de Richmond Park deux fois par an, les femelles en novembre et les mâles en février. Le parc est fermé au public à ce moment-là. »

Je me suis arrêtée de marcher et l'ai regardé.

« Abattre... comme tuer ? Ils chassent les cerfs dans Richmond Park ? »

Il a soupiré et a passé une main sur son visage. « Oui et non. L'abattage est nécessaire pour garder le troupeau en bonne santé et éviter la surpopulation, qui pourrait conduire à la mort des cerfs par famine. Les cerfs qui sont abattus sont vendus à des grossistes de gibier. L'argent est ensuite utilisé pour entretenir les cerfs et le parc. Nous essayons d'en acheter quelques-uns chaque année pour qu'ils puissent vivre leurs jours en paix. J'aimerais pouvoir tous les prendre, mais ils valent plus cher en tant que viande, donc ça devient coûteux. »

« Je n'en avais aucune idée. C'est tellement triste. Je comprends pourquoi c'est important, mais je ne supporte pas l'idée que des animaux soient tués. Ne peuvent-ils pas tous être relocalisés, ou relâchés quelque part d'autre dans la nature ? » ai-je demandé.

« Non, ils ne survivraient pas. » Connor prit ma main et m'embrassa sur la joue. « Remonte-toi le moral. Je sais que c'est triste, mais il y a d'autres personnes comme nous qui achètent les cerfs abattus. Nous en sauvons autant que possible. Allez, allons les voir. »

Nous avons continué sur le chemin, et Connor m'a interrogée sur l'école. J'étais ravie de ce changement de sujet.

Un peu après midi, Connor m'a demandé si j'avais faim. J'ai répondu que oui, et nous avons trouvé un banc pour notre pique-nique.

Connor avait pensé à tout. Il a étalé une couverture épaisse sur le banc pour que nous n'ayons pas froid. Il avait un thermos de soupe chaude à la tomate, du fromage fort coupé en cubes et de petites baguettes. Ensuite, il a sorti un autre thermos, celui-ci rempli de chocolat chaud à la menthe. Il m'a proposé une boîte en fer remplie des biscuits de Noël les plus magnifiquement décorés que j'aie jamais vus. Ils étaient encore plus beaux que ceux que Claude préparait à la boulangerie.

« Merci pour le pique-nique, Connor. Tout était délicieux », ai-je dit alors que nous remettions tout dans son sac à dos.

Quand nous avons repris notre marche, j'ai frissonné à cause du froid.

« Hé, ça va ? » m'a demandé Connor.

« J'ai plus froid qu'avant », ai-je dit en fermant ma veste et en tirant mon bonnet sur mes oreilles.

« C'est parce que nous sommes restés immobiles un moment. Viens ici, laisse-moi te réchauffer », a-t-il répondu en ouvrant ses bras pour un câlin. Je me suis glissée dans son étreinte et, malgré nos manteaux épais, j'ai commencé à me réchauffer.

Connor s'est rapproché tout en embrassant mes cheveux, puis ma joue. Il a lentement laissé une traînée de baisers jusqu'à atteindre mes lèvres. Le monde tournait à nouveau, et c'était incroyable. Nous sommes restés là à nous embrasser encore et encore. Je n'avais plus froid. En fait, alors que nos langues se rencontraient et dansaient, l'atmosphère est devenue carrément torride.

Quand la neige a commencé à tomber, nous avons continué à nous embrasser. Un flocon s'est posé sur mes cils, et j'ai ouvert les yeux pour m'en débarrasser. C'est alors que j'ai aperçu un mouvement derrière Connor. J'ai pensé qu'il s'agissait peut-être d'autres visiteurs, alors je me suis reculée pour faire savoir à Connor que nous donnions un spectacle.

Mais ce n'étaient pas d'autres personnes qui venaient vers nous. C'était un cerf. Et il ne flânait pas dans notre direction ; il avait l'air de nous charger.

J'ai commencé à frapper la poitrine de Connor en criant : « Cerf, cerf, cerf ! »

Connor m'a embrassé le bout du nez et a répondu : « Ils sont magnifiques, n'est-ce pas ? »

J'ai poussé ses épaules pour qu'il se retourne. « Non, il fonce droit sur nous ! » ai-je hurlé.

Connor m'a poussée derrière lui et m'a dit de ne pas bouger ni de dire quoi que ce soit. J'étais terrifiée. Je savais qu'il avait l'habitude de s'occuper des cerfs, mais j'étais presque sûre qu'on ne devait pas affronter un cerf qui charge. J'ai mis une main sur ma bouche pour m'empêcher de crier tandis que je regardais Connor faire quelques pas en avant et grogner contre le cerf. Le cerf n'a pas été intimidé et a continué d'avancer.

Soudain, une brume dorée a entouré Connor, et j'ai entendu un grognement. Ce qui se tenait devant moi était quelque chose que je n'avais jamais pensé voir.

Connor

Le cerf ne voulait pas céder. Je me suis transformé et me suis précipité vers lui, grognant pour affirmer ma domination. Comme il n'avait même pas tressailli, j'ai chargé. Je n'avais jamais chargé un cerf ordinaire auparavant, et j'espérais qu'ils réagissaient de la même façon que les métamorphes. C'était essentiellement un jeu de qui flancherait en premier. Le premier à dévier perdait. Si les deux continuaient, il y aurait une bataille de bois, et je n'étais pas sûr d'en sortir vainqueur si on en arrivait là.

Heureusement, ce ne fut pas le cas. Ma charge a suffi à effrayer le cerf, qui est retourné vers le troupeau. Je me suis tourné vers Kayla. Elle était en sécurité. De plus, elle n'avait pas pris la fuite à ma vue. Mes narines se sont dilatées tandis que je vérifiais qu'il n'y avait pas de regards indiscrets dans le parc. Ce ne serait pas bon d'être surpris à découvert sous ma forme de renne. Pire encore, d'être pris en photo.

Kayla s'est approchée lentement de moi, la main tendue comme si j'étais un chien étranger. « Chhh, Connor, c'est bon, c'est juste moi. Il n'y a personne d'autre ici », m'a-t-elle apaisé. Elle m'a calmé comme elle l'avait fait dans l'ascenseur.

Elle a tendu la main pour caresser ma tête. J'ai fait un pas en arrière, inquiet. En plongeant dans ses yeux qui reflétaient le ciel, j'ai su au fond de moi que je pouvais lui faire confiance. J'ai poussé sa main avec mon museau et lui ai permis de caresser ma tête.

Je pouvais voir qu'elle avait des questions. Elle a ouvert la bouche pour parler à plusieurs reprises, mais aucun son n'en est sorti. En m'éloignant, je me suis retransformé, gêné de me faire observer par elle.

« Je suppose que tu as quelques questions. »

« Quelques-unes, oui », a-t-elle soufflé.

Je me suis tenu patiemment devant elle, espérant et priant qu'elle ne s'enfuie pas, effrayée, ou pire, qu'elle ne révèle pas mon secret au reste du monde. D'une certaine façon, j'étais soulagé que le chat soit sorti du sac – ou plutôt, que le renne soit sorti de sa cachette. Je suppose que voir, c'est croire, et il valait mieux qu'elle le voie de ses propres yeux plutôt que j'essaie de le lui expliquer.

« Je ne sais pas ce qui l'a provoqué. Il était probablement jaloux que j'embrasse une si jolie fille », ai-je dit, essayant de détendre l'atmosphère.

Elle a ri et a suggéré que nous rebroussions chemin. Elle a entrelacé ses doigts gantés aux miens, et nous sommes retournés à la station de métro.

« Ne t'inquiète pas, ton secret est en sécurité avec moi. C'est juste beaucoup à assimiler, et j'ai besoin d'un peu de temps pour réfléchir », a-t-elle dit.

« Je comprends ; c'est beaucoup. Et j'ai confiance en toi », ai-je dit. Je lui ai fait un gros câlin et elle m'a embrassé sur la joue avant de partir. J'espérais vraiment ne pas avoir ruiné ma chance avec elle.

Kayla

J'ai pris la douche la plus longue du monde en rentrant chez moi. J'étais gelée jusqu'aux os, et j'avais besoin de réfléchir. J'ai repassé chaque moment depuis ma rencontre avec Connor, et les choses ont commencé à prendre sens. La façon dont ses yeux brillaient la veille de Noël, sa peur d'être piégé dans l'ascenseur, comment il avait trouvé le biscuit en forme de renne amusant, et comment son numéro s'était retrouvé sous mon sapin. Mais j'avais encore besoin d'en savoir plus.

Je savais qu'il serait occupé ce soir et demain. Si j'attendais, je n'obtiendrais aucune réponse. Il y avait aussi beaucoup de choses qui se passaient ici. Mais je ne pouvais tout simplement pas me sortir ça de la tête.

Encore enveloppée dans ma serviette, j'ai envoyé un message à Connor.

Moi : On peut se voir ? Il faut qu'on parle.

Il a répondu instantanément.

Connor : Bien sûr. Dis-moi juste où et quand. Je serai là.

Nous nous sommes retrouvés au café de Jessie. Connor était déjà là quand je suis arrivée, sa jambe droite rebondissant nerveusement sous la table pendant qu'il déchiquetait distraitement une serviette. Quand il m'a vue, son visage s'est illuminé, et il s'est levé.

« Kayla, tu es venue », a-t-il dit en me prenant dans ses bras.

« Bien sûr que je suis venue. C'était mon idée. » J'ai ri en lui donnant une tape sur le bras. « On s'assoit ? Ou c'est mieux d'aller dehors ? » ai-je chuchoté.

« Non, ici c'est bien. Il y a assez de musique de fond et de bavardages pour qu'on ne soit pas entendus », a-t-il répondu. « Tu veux manger ou boire quelque chose ? »

« Non, je suis encore rassasiée de notre pique-nique. »

Cela ne faisait que quelques heures ?

Connor a pris une grande inspiration et m'a tout expliqué. Ma peau a frissonné en entendant tout ça ; certaines choses seraient difficiles à croire. Mais après ce que j'avais vu dans le parc, il n'y avait aucune chance que ce soit un mensonge. Il m'a parlé des jeux des rennes, de l'histoire de sa famille, et de l'« événement » professionnel qui l'avait fait courir la veille de Noël.

« Je devrais avoir peur. C'est incroyable. Mais je suis... fascinée. C'est tellement... »

« Magique ? » a demandé Connor avec un regard espiègle.

« Oui. » J'ai ri. « Tu l'as déjà dit à quelqu'un d'autre ? »

« Pas à une seule âme. Et je ne suis pas censé le faire non plus. »

« Pourquoi ? » ai-je demandé.

« Le reste du monde n'est pas aussi compréhensif que toi. C'est mieux pour le monde que seuls les innocents vivent vraiment la magie de Noël. »

« Je n'ai peut-être pas 18 ans, mais je ne suis pas une enfant », ai-je protesté.

« Non, mais tu es une innocente. Les innocents peuvent avoir de 2 à 102 ans », a-t-il répondu.

J'avais beaucoup de questions, et Connor était plus que ravi d'y répondre. Il s'avérait que très peu de personnes dans le monde connaissaient la magie qui les entourait au quotidien. Plus il m'en disait, plus je sentais ma croyance en la magie et en Noël revenir. C'était comme si je pouvais sentir la magie couler dans mes veines ; je pouvais sentir son énergie.

« Alors la magie est partout ? » ai-je demandé.

« Viens, laisse-moi te montrer », a souri Connor en me tendant la main.

Nous sommes sortis dans la rue, et Connor m'a montré la magie qui se produisait sous nos yeux. Je n'avais jamais réalisé à quel point la magie que je voyais quotidiennement, je ne la voyais pas vraiment.

Maintenant que j'avais réveillé mon innocence d'enfance, je la voyais partout ! Je reconnaissais les métamorphes à l'éclat de leurs yeux ; les personnes utilisant la magie étaient entourées de fils lumineux à chacun de leurs mouvements. Les guirlandes lumineuses ne scintillaient pas seulement, mais émettaient aussi un léger carillon quand elles se balançaient dans le vent.

« Je me sens si stupide », ai-je soupiré.

« Pourquoi ? »

« J'ai tellement tenu de choses pour acquises, sans jamais apprécier le monde qui m'entoure. La magie est réelle ! »

« La croyance en la magie s'estompe en grandissant ; ce n'est pas stupide. Mais maintenant tu sais, et tu peux voir. »

Je me sentais plus connectée à Connor que jamais. Il avait partagé son secret le plus profond avec moi, m'avait confié des informations si importantes, et m'avait donné tellement plus qu'il ne pourrait jamais l'imaginer.

Mon esprit cataloguait déjà tout ce que je voyais, se demandant quelle était l'histoire derrière tout ça. « Est-ce que quelqu'un a déjà documenté comment ces traditions magiques ont commencé ? Y a-t-il des livres sur la loi et l'histoire magiques ? » ai-je demandé, ma curiosité académique piquée. « Je veux dire, il doit bien y avoir des archives quelque part, non ? »

Connor a paru surpris mais ravi par mes questions. « Il y a toute une bibliothèque à l'Université du Pôle Nord dédiée à l'histoire magique. Certains textes remontent à des milliers d'années. »

« Une université magique ? » ai-je soufflé, mon excitation grandissant. « Ça a l'air fascinant. J'adorerais lire ces livres un jour. »

Je me sentais plus connectée à Connor que jamais. Il avait partagé son secret le plus profond avec moi, m'avait fait confiance avec une information si importante, et m'avait donné bien plus qu'il ne pourrait jamais le savoir. La croyance. C'est une chose simple que nous prenons pour acquise, mais qui peut véritablement enrichir et changer nos vies.

« Alors, le soir du Nouvel An. Qu'est-ce que tu feras ? » ai-je demandé.

« Une grande cérémonie de remise de prix et une célébration du Nouvel An au Pôle Nord, » a répondu Connor.

« Tu penses que tu recevras un prix ? » ai-je demandé, espérant être assez subtile. Je voulais y aller ; je voulais tout voir par moi-même. Vivre la magie authentique et vivante de Noël.

« Je suis nominé pour quelques-uns, oui, » a répondu Connor, rayonnant de fierté.

« Alors, c'est un rassemblement intime, juste pour les métamorphes rennes ? » ai-je demandé.

« Non, les lutins et le Père Noël seront là, bien sûr, » a-t-il répondu.

« Bien sûr ! »

Connor a arrêté de marcher et m'a tirée hors du chemin des passants.

« Kayla, je peux te demander quelque chose ? »

« Oui, tu peux m'embrasser, » ai-je dit en avançant mes lèvres, vérifiant s'il m'avait attirée sous du gui.

Connor a souri et m'a embrassée doucement. Ce baiser était extraordinaire ; je pouvais littéralement sentir des étincelles quand nos lèvres se sont rencontrées, et mon cœur a commencé à battre très vite. Je tombais amoureuse de ce garçon, ce... métamorphe renne.

Il s'est reculé, replaçant une mèche de cheveux derrière mon oreille.

« Kayla, voudrais-tu être ma cavalière pour la cérémonie de remise des prix du Nouvel An ? »

« Je pensais que tu ne me le demanderais jamais ! »

Kayla

Je n'avais pas beaucoup de temps pour me préparer. Louise allait me tuer. Je me mordillais l'intérieur de la joue en réfléchissant à la façon d'annoncer à ma meilleure amie que j'allais la laisser tomber pour un garçon. Un garçon dont je lui avais à peine parlé. Tout s'était passé si vite, et avec ma cousine Crystal à la maison, Louise et moi n'avions pas été en contact aussi étroit que d'habitude.

Ce serait bien d'aller chez elle pour tout lui expliquer. Mais il était déjà plus de seize heures, et Connor devait passer me chercher à vingt heures. Je devais encore dîner avec ma famille, me faire belle et, si je trouvais le temps, me détendre un peu.

Non seulement j'allais avoir un autre rendez-vous avec le garçon le plus mignon du monde, mais c'était un gala du Nouvel An organisé par le Père Noël au Pôle Nord. Si ce n'était pas assez stressant, j'allais aussi rencontrer les parents de Connor, sa sœur et tous ses amis rennes.

Et dire que je me plaignais de combien mes vacances allaient être ennuyeuses. C'est bien moi de trouver le garçon le plus compliqué avec qui sortir.

Non, je devrais envoyer un message à Louise et me préparer à implorer son pardon quand je la reverrai. Je pris une minute pour formuler mon message du mieux possible et appuyai sur envoyer. Heureusement, elle ne répondit pas immédiatement, et je pus me concentrer sur le problème suivant. Maman et Papa.

Il n'y avait aucune chance qu'ils me laissent voyager jusqu'au Pôle Nord avec des inconnus et y passer la nuit. J'ai ri tout haut face à l'absurdité de la situation, récoltant des regards désapprobateurs des autres passagers du métro. J'ai murmuré des excuses et vu qu'il était temps de descendre.

En rentrant de la station, j'ai envoyé un message à Crystal. Cela me permettait de garder les yeux à l'abri du vent glacial, même si mes doigts n'étaient pas épargnés.

> Moi : S.O.S
>
> Crystal : Qu'est-ce qui se passe ?
>
> Moi : Connor m'a invitée à une soirée chic pour le Nouvel An. Je vais devoir y passer la nuit. Des idées ?
>
> Crystal : Tu ne devais pas déjà aller à une soirée et dormir ailleurs, de toute façon ?
>
> Moi : Oui, chez Louise. Mais...
>
> Crystal : Où es-tu ?
>
> Moi : À deux maisons d'ici.
>
> Crystal : Je serai à la maison dans 15 minutes.

Quand je suis arrivée à la maison, Maman et Tante Sandra étaient dans la cuisine à éplucher des navets et des carottes pour le dîner. Je leur ai fait un rapide bisou sur la joue à chacune et me suis dirigée vers ma chambre. En chemin, j'ai fait un détour chez Andy ; lui et les plus jeunes cousins jouaient à Super Mario Bros sur la console. J'ai dit bonjour et j'ai reçu un « yo ! » collectif en retour.

Dans ma chambre, il était temps d'aborder un autre problème. Louise et moi avions acheté des robes d'enfer pour la soirée. La mienne était une robe droite noire à sequins avec des manches bouffantes. Un peu courte pour moi, mais Louise avait insisté sur le fait que la robe avait des lignes simples et était flatteuse. Je l'avais choisie parce qu'elle était confortable et allait bien avec des baskets. Il y avait une pochette assortie et voilà. Tenue réglée.

Le problème, c'est que quand j'ai demandé à Connor quel était le code vestimentaire, il a répondu : « Tout sauf du noir. Rouge, blanc et vert sont les couleurs à la mode. »

« Tu vas porter ton costume vert à carreaux ? » ai-je demandé en retour.

« Non, c'était une tenue spéciale pour le dîner du Père Noël. Je vais porter une veste de soirée en velours vert forêt sur mesure, une chemise blanche impeccable, un nœud papillon, et un pantalon à chevrons vert assorti. »

Je l'ai regardé bouche bée.

« Tu t'intéresses vraiment aux vêtements, n'est-ce pas ? » ai-je demandé nerveusement. Clairement, les baskets étaient exclues. Je devrais porter de vrais talons.

Il a ri et balayé ça d'un geste. « Je déteste faire les magasins. Le costume à carreaux était le premier vêtement que j'avais jamais acheté pour moi-même. C'est ma sœur Sam qui fait tous mes achats. »

« Tu as décrit ta tenue avec plus de détails que mon amie Louise n'en utiliserait jamais », ai-je dit, les couleurs me revenant au visage.

« On m'a dit de mémoriser ça avant de venir te rencontrer au cas où tu me demanderais ce que je portais », a-t-il expliqué, et j'ai soupiré de soulagement.

Un coup à la porte me ramena à l'instant présent.

« Hé, ma belle. Tu as décidé ce que tu vas porter ce soir ? » demanda Crystal en entrant dans ma chambre comme une tornade. Il était déjà plus de cinq heures, et je pouvais sentir l'arôme alléchant du bœuf Wellington qui s'infiltrait avec elle. Le dîner était à six heures, et je devais être prête pour la fête car il n'y aurait pas assez de temps après le repas.

J'ai attrapé la robe et la pochette dans le placard et les ai montrées à Crystal. « Je devais porter ça ce soir, mais apparemment, le noir n'est pas une option. »

Crystal a pris le cintre et a placé la robe devant elle en se regardant dans le miroir. « On peut échanger. Tu peux porter la mienne. Elle est rouge ! » a-t-elle dit avec un clin d'œil. Mon estomac s'est noué. Elle était soit ridiculement courte, soit décolletée jusqu'au nombril, ou fendue jusqu'aux parties innommables.

Elle a levé les yeux au ciel. « Pas ma robe de soirée, ma robe de dîner. » Elle a accroché la robe dans mon armoire et m'a entraînée dans sa chambre. Une fois là-bas, elle a sorti deux robes rouges. L'une était une robe fourreau en satin rouge flamboyant dos nu, alias la robe de soirée. Cette chose était à peine plus qu'une serviette tenue par un ruban. J'ai frissonné.

L'autre était d'un rouge cerise avec un col licou, un corsage en dentelle et une jupe en mousseline à taille haute. Elle était sage et élégante. J'ai plissé les yeux vers elle ; quand Crystal porterait-elle jamais une robe comme celle-ci ?

« Essaie-la », m'a-t-elle pressée, en sortant une pochette de soirée en dentelle assortie.

Je me suis déshabillée, enlevant mon t-shirt et mon jean, et j'ai enfilé la robe. Crystal a remonté ma fermeture éclair et a relevé mes cheveux avec une pince. La robe m'allait parfaitement, trop parfaitement. Nos regards se sont croisés dans le miroir ; le mien se remplissait de larmes. Elle avait acheté cette robe pour moi.

« Comment ? » ai-je balbutié. « Comment tu savais ? »

Elle m'a enveloppée dans ses bras et a pouffé. « Je faisais du shopping pendant les soldes en ville et je suis tombée sur cette petite merveille. J'étais sûre que tu avais une robe pour ce soir, mais quelque chose m'a dit de l'acheter. Ils la bradaient pratiquement », a-t-elle dit en attrapant une boîte sous le lit.

Crystal a ouvert le couvercle et me l'a présentée. Délicatement, j'ai soulevé le papier de soie pour découvrir une paire de chaussures

Mary Jane en daim rouge avec des talons carrés de la même teinte que la robe. Je suis restée là, caressant le daim doux avec révérence.

« Allez, essaie-les ! »

Je me suis sortie de ma transe et j'ai sorti les chaussures de la boîte. J'ai enlevé mes chaussettes duveteuses et j'ai glissé mes pieds dans les chaussures – elles étaient parfaitement à ma taille et tellement confortables.

« Voyons voir », a dit Crystal en me tendant la pochette. Elle m'a examinée d'un œil critique, puis a fait un signe de tête satisfait. « Un peu de gloss et ces boucles d'oreilles en forme de larme que tu portais à Noël, et tu es prête. »

Elle avait raison. J'avais l'air superbe. Je me suis souri dans le miroir, puis je me suis souvenue que je devais encore affronter maman et papa.

« Pourquoi cette tête d'enterrement, ma belle ? » a demandé Crystal.

« Qu'est-ce que je dis à maman et papa ? »

Crystal a tapé un doigt sur sa lèvre supérieure. « Comment y vas-tu ? » a-t-elle demandé, puis fronçant le visage, elle a ajouté : « Où vas-tu exactement ? »

Connor et moi n'avions pas discuté de ce que je pouvais révéler ou non. Tout ce que je savais, c'est que même moi, je n'étais pas censée savoir qu'il était un métamorphe. J'étais à peu près certaine que parler du Pôle Nord à Crystal n'était pas autorisé.

« Il vient me chercher pour m'emmener chez lui. Il habite à Richmond », ai-je dit. C'était vrai.

« Il a une voiture ? » a-t-elle demandé.

« Je ne crois pas », ai-je répondu.

« Je suppose qu'il est chevaleresque, mais ça n'a aucun sens qu'il vienne jusqu'ici juste pour repartir. »

J'ai simplement haussé les épaules.

« Va prendre une douche, et j'y réfléchirai », a-t-elle dit en me faisant signe de sortir de sa chambre.

Connor

« **T**u peux prendre le temps de mâcher ta nourriture, mon chéri », a dit Maman pendant le dîner. « Surtout que c'est le cousin de Kayla qui la conduit ici. On a tout notre temps. »

« J'ai hâte de la rencontrer », a dit Samantha.

« Elle doit être une jeune femme remarquable pour que le Père Noël accepte qu'elle t'accompagne au bal », a dit Papa. « Tu as bien vérifié cela avec le grand bonhomme, n'est-ce pas ? »

Son inquiétude était justifiée. Les Prancers venaient à peine de rétablir leur nom au Pôle Nord, et personne ne voulait faire de vagues.

« Oui, Papa. Le Père Noël est au courant de tout concernant Kayla. De plus, plein de métamorphes auront des partenaires », ai-je répondu.

« Des partenaires avec qui ils sont dans des relations sérieuses. Des partenaires qui ont prêté serment », a répondu Papa solennellement.

« Je sais que je ne connais pas Kayla depuis très longtemps, et je ne peux même pas dire que nous sommes dans une relation quelconque, mais je sais que je peux lui faire confiance. De plus, c'est une innocente. Est-ce que ça ne compte pas pour quelque chose ? » ai-je demandé. Ma voix s'est brisée sur la dernière partie, et j'ai dû m'éclaircir la gorge.

Maman a posé sa main sur la mienne et l'a serrée. « Elle doit être vraiment exceptionnelle, en effet. »

Je n'avais jamais ramené personne à la maison et n'avais dit à personne que j'étais un métamorphe. Pas même à Paul, mon ami le plus proche à l'école. J'avais commencé ma transformation il y a moins d'un an et n'avais jamais ressenti le besoin ou l'envie de le dire à qui que ce soit. Je m'étais fait des amis au Pôle. Nous avions plus de choses en commun, même si nos vies quotidiennes étaient différentes.

Maintenant que j'avais rejoint l'équipe du Père Noël, je faisais partie d'une meute. À moins que je ne fasse une erreur, je resterais dans la meute jusqu'à ce que j'aie une famille ou que j'atteigne l'âge de 25 ans, selon ce qui arriverait en premier.

Comme si elle lisait dans mes pensées, Sam m'a demandé si je prévoyais de changer d'école après les vacances.

« Je pense que oui », ai-je dit. « À part Paul, je n'ai pas tant d'amis à l'école qui me manqueraient, et Paul habite au bout du chemin. Nous resterons en contact. »

« Changer d'école en milieu d'année ne va pas affecter tes études ? » a demandé Maman.

« Je ne suis pas un génie, mais je me débrouille bien. Je ne peux pas imaginer que l'école au Pôle sera plus difficile qu'à Saint-Paul. »

« Je ne pense pas non plus, mais nous savons peu de choses sur la qualité de l'éducation que tu y recevras », a dit Maman. « Ton père n'y est jamais allé, ni aucun membre de notre famille encore en vie pour nous en parler. »

« C'est vrai, mais j'en ai entendu de très bonnes choses. En plus, c'est gratuit. Pensez à tout l'argent que vous économiserez ! »

« Ne t'inquiète pas, Petra. J'en ai également entendu de bonnes choses. L'important est qu'il soit bien formé pour ses devoirs de renne. Les membres de la meute du Père Noël vont généralement à Oxford ou Cambridge. Ils n'y seraient pas admis si l'école était inadéquate », a dit Papa.

Il s'est adossé à sa chaise, les mains posées sur la table. Il arborait un sourire satisfait et a soupiré. Mais j'ai aussi vu une lueur dans son regard et je me suis demandé s'il n'était pas un peu envieux. Il s'est tourné pour me regarder, et j'ai souri, essayant de lui faire comprendre que j'y irais pour nous deux. Son clin d'œil en réponse m'a fait comprendre qu'il en était reconnaissant.

« Très bien alors », a dit Maman. « Si tout le monde a terminé, on ferait mieux de débarrasser la table et de se préparer pour nos invités. »

Kayla

lors que nous tournions sur Fife Road, j'ai compris
pourquoi tout s'était déroulé si facilement au dîner quand
Crystal avait évoqué le changement de plans. Quand j'ai
dit que Connor habitait à Richmond, les sourires de mes parents se
sont accentués, et ils avaient totalement adhéré au plan de Crystal.

Elle me conduirait chez Connor, rencontrerait le garçon et ses
parents pour déterminer s'il était prudent de me laisser sous leur
responsabilité. Si non, elle me ramènerait chez Louise, où je resterais
comme prévu initialement. Si tout se passait bien, elle viendrait me
chercher après le brunch le lendemain, sur son chemin de retour de
sa propre soirée.

« C'est plus chic que ce à quoi je m'attendais », dit Crystal alors
que nous passions devant une succession de manoirs avec portails.
Quand nous sommes arrivées à l'adresse de Connor, j'ai été soulagée
de constater qu'il n'y avait ni portail ni domaine. Certes, la maison
faisait bien six fois la taille de notre maison de ville, mais elle était
modeste comparée aux autres maisons du quartier.

« Maintenant je comprends pourquoi il va si souvent à Richmond Park ; c'est littéralement dans son jardin », ai-je dit.

Crystal et moi avons vérifié notre apparence avant de sortir de la voiture. Je me suis tournée vers elle avant de sonner. « Comment je suis ? »

« Géniale. Absolument géniale ! » a-t-elle répondu, en me serrant contre elle.

Quelques instants plus tard, Connor a ouvert la porte. Si je le trouvais beau avant, je n'avais plus de mots pour décrire le mannequin Burberry qui se tenait maintenant devant moi. Il a souri. J'ai souri.

« Bonjour ! Je suis Crystal, la cousine. Tu dois être Connor ! » a dit ma cousine en tendant une main parfaitement manucurée. Elle lui offrait son sourire éclatant ; c'était difficile d'y résister.

« Bonjour, Crystal, Kayla, entrez s'il vous plaît », a-t-il dit, en se mettant de côté pour nous laisser passer.

Il a pris nos manteaux et les a accrochés dans une penderie à proximité. Il a placé mon sac à dos près de l'escalier. Face à un tel luxe, il avait l'air ridicule. Quand il est revenu, il a observé Crystal tout en se rapprochant de moi. Nous sommes restés debout, mal à l'aise pendant une minute, toujours incertains sur la façon de nous saluer, surtout avec un public.

Quand nous avons entendu quelqu'un appeler : « C'est Kayla et sa cousine, mon chéri ? » depuis une autre pièce, il m'a rapidement embrassée sur la joue et chuchoté : « Tu es ravissante. »

« Toi aussi », ai-je répondu avec un petit rire.

« Entrez, entrez », a dit la mère de Connor en nous conduisant dans le salon.

Un feu crépitait dans l'imposante cheminée, et la décoration était tout ce que j'attendais d'une grande maison dans un quartier chic. De bon goût, sophistiquée, mais confortable et habitée.

« Vous avez une magnifique maison », a dit Crystal en acceptant un verre de xérès de Monsieur Prancer.

« Merci », a-t-il répondu. « Elle est dans notre famille depuis des générations. » Il a montré un portrait sur le mur opposé. « Voici mon ancêtre Burgess Prancer. Nous avons transmis la maison de père en fils. Un jour, elle sera à Connor. »

Crystal a froncé les sourcils. En vraie féministe, je voyais qu'elle était sur le point de protester. J'ai sauté sur l'occasion pour demander : « Alors, la fête est ici à Richmond ? »

Connor et moi n'avions pas eu le temps de discuter de la façon de gérer cette partie. Tout ce qu'il avait dit, c'était que son père s'en occuperait.

« Le bal a lieu tout près, suffisamment proche pour y aller à pied. Si vous le souhaitez, Petra peut vous montrer la chambre d'amis pour vous assurer qu'elle répond à vos attentes », a-t-il répondu un peu trop facilement. Mais Crystal lui a simplement adressé un sourire radieux et répondu : « Ce serait charmant ! »

Connor

A près le départ de Crystal, satisfaite que nous prendrions bien soin de sa jeune cousine, j'ai fait faire à Kayla une visite plus complète de la maison, terminant par ma chambre.

« Tu es vraiment fan de tartan, n'est-ce pas ? » a-t-elle demandé en passant ses doigts sur le plaid en laine au pied de mon lit.

« Oui. Mais *ce* tartan spécifique est un héritage familial. »

« Tu as des origines écossaises, alors ? » a-t-elle demandé en se tournant vers moi, intéressée.

« La plupart des gens pensent que les tartans sont écossais, mais beaucoup sont britanniques. Celui-ci est associé au Devon, d'où venaient mes ancêtres. »

Elle s'est dirigée vers ma bibliothèque et a examiné mes livres. Elle s'apprêtait à en sortir un, mais Maman nous a appelés. Il était temps de partir.

J'ai pris sa main et l'ai attirée près de moi. Nous n'aurions peut-être pas de moment seuls pendant quelques heures, et je mourais d'envie de l'embrasser.

Face à face, nos mains encore légèrement entrelacées, j'ai

contemplé cette fille magnifique. Je me sentais euphorique à la vue du sourire espiègle qu'elle m'adressait, identique au mien. J'aimais qu'elle ne porte pas de rouge à lèvres. Je me suis approché, et ses lèvres se sont entrouvertes d'anticipation. Il y a eu un frisson quand nos bouches se sont rencontrées. Pas le genre qu'on ressent avec l'électricité statique. Non, ça ressemblait à de la magie.

Nous nous sommes embrassés, et je jure que je me suis senti soulevé du sol tandis que de la poussière de fée tourbillonnait autour de nous. Un millier de lucioles ont explosé dans mon ventre. Elles tournoyaient et s'élevaient, jaillissant comme du champagne après avoir secoué une bouteille de Prosecco. Quand elles ont atteint ma gorge, je pouvais à peine respirer. Incapable de les contenir, j'ai rompu le baiser et les ai laissées sortir.

« Je t'aime. »

Horrifié, j'ai plaqué une main sur ma bouche. Je n'avais pas eu l'intention de dire ça.

Les yeux écarquillés de surprise, Kayla scrutait mon visage. Ses lèvres étaient encore entrouvertes, et je pouvais voir un léger sourire. Difficile de dire s'il venait du baiser ou de ma déclaration. L'essentiel, c'est qu'elle n'avait pas tressailli, ou pire, pris la fuite.

« Arrêtez de vous bécoter et descendez, vous voulez bien ! Papa est sur le point de faire une crise cardiaque », a lancé une voix depuis la porte.

Kayla a poussé un petit cri, et Sam a éclaté de rire.

« Dans votre petit monde, hein ? » A-t-elle gloussé.

Kayla l'a regardée, l'air hagard, puis s'est tournée vers moi.

« Si tu ne viens pas avec moi, Kayla, tu pourrais ne jamais atteindre le Pôle Nord. » Ma sœur a ricané en tirant Kayla hors de ma chambre vers les escaliers.

Maman et Papa nous attendaient dans le salon. À notre arrivée, ils se sont levés.

« Quelqu'un a-t-il besoin d'aller aux toilettes avant que nous partions ? » a demandé Maman.

Personne n'avait besoin d'y aller.

Papa a pris un petit verre sur la cheminée et l'a offert à Kayla. Elle a froncé les sourcils et répondu : « Oh, non merci. Je suis mineure, et je n'aime pas vraiment les spiritueux. »

« Je suis ravi de l'entendre, ma chère, mais ce n'est pas de l'alcool. C'est un serment », a dit Papa.

Kayla a cligné des yeux et a regardé Papa sans comprendre. Elle s'est tournée vers moi pour des explications.

« Comme je te l'ai dit, nous ne sommes pas censés révéler aux étrangers que nous sommes des métamorphes ou que le Pôle Nord existe vraiment. Avant de pouvoir le voir par toi-même, tu dois prêter serment », ai-je expliqué, en faisant un signe vers le verre de liquide vert qu'elle n'avait pas encore accepté.

« Je suis perdue. Un serment, ce n'est pas comme jurer sur la Bible ou quelque chose comme ça ? »

« C'est comme ça que ça se passait avant. Mais les gens n'ont plus le même respect pour le bon livre qu'autrefois, alors les Elfes ont trouvé quelque chose d'un peu plus contraignant », a dit Maman.

« Boire le Serment t'empêche de révéler quoi que ce soit à qui que ce soit », a ajouté Sam.

« Comment ? » a demandé Kayla.

« Demain, quand ta cousine viendra te chercher, elle te demandera probablement comment s'est passée ta soirée. Si tu décides de lui dire que tu as rencontré le Père Noël et dansé avec un elfe, ta cousine entendra quelque chose de complètement différent », a répondu Papa.

« Comme quoi ? » a demandé Kayla, déconcertée.

« Comme si tu avais rencontré un type nommé Gary et dansé avec un ambassadeur ou ce qui semblerait plausible à ses oreilles », ai-je dit.

« Mais comment saurai-je quoi dire ? » a demandé Kayla, les sourcils froncés.

« C'est là toute la beauté. Tu n'as pas à mentir ou à inventer une

histoire. La magie de la potion masquera et transformera tes mots »,
a dit Papa.

« C'est génial ! » s'est-elle exclamée.

« Je suis content que tu le penses. Maintenant, si ça ne te dérange
pas, nous devons y aller », a dit Papa, en mettant le verre dans sa
main. « Cul sec ! »

Kayla a pris le verre et l'a reniflé.

« Mieux vaut le boire d'un coup », a dit Sam.

Kayla a hoché la tête et l'a avalé comme un shot. Elle a fait une
grimace et a rendu le verre à Papa. « Ça a meilleur goût que du sirop
pour la toux, mais je n'en voudrais pas un autre. »

Nous avons tous ri, et Papa a tiré sur le levier.

Kayla

Je ne m'étais pas encore remise de la potion quand le père de Connor a poussé une pierre de la cheminée. Elle a sauté, et il l'a tirée. Immédiatement, le sol a bougé sous mes pieds, et j'ai reculé.

J'ai fixé ce mouvement, essayant de comprendre pourquoi une partie du sol tournait loin de moi. Quand j'ai levé les yeux, j'ai compris. C'était comme dans ce film d'Indiana Jones où la cheminée pivote.

Quand elle s'est arrêtée de bouger, j'ai réalisé que cette cheminée, heureusement pas allumée, était bien plus haute que l'autre.

« C'est complètement dingue ! » me suis-je exclamée.

Sam a gloussé et a suivi ses parents dans l'ouverture. Connor m'a pris la main, et nous sommes allés nous tenir à côté d'eux.

Quand le père de Connor a tiré sur une corde, j'ai levé les yeux. Allions-nous être propulsés dans la cheminée ?

J'ai été déçue de ne trouver aucune issue au-dessus, mais la cheminée a pivoté à nouveau. Cette fois, elle s'est ouverte sur une grande salle de bal où la fête battait déjà son plein. Hommes, femmes et enfants discutaient et dansaient.

Comme nous, d'autres sortaient des cheminées tout autour de la pièce. Connor a tiré à nouveau sur la corde, et la cheminée allumée est réapparue. « Ne jamais laisser un feu sans surveillance », a-t-il dit avec un clin d'œil.

« Très bien, les enfants, vous connaissez la procédure. Les lumières clignoteront quinze minutes avant le début de la cérémonie de remise des prix. Retrouvons-nous ici », a dit le père de Connor.

Tout le monde a acquiescé, et les parents de Connor sont allés rejoindre leurs amis. Sam a fait de même.

Connor s'est tourné vers moi et a dit : « J'ai oublié de te dire avant qu'on parte, mais les téléphones portables ne fonctionnent pas ici, ni la plupart des montres. Si tu veux les laisser ici sur le manteau de la cheminée, personne ne les prendra, je te le promets. »

J'avais justement vérifié ma montre connectée pour déterminer quelle heure il était ici. C'est alors que je me suis souvenue d'avoir lu que le Pôle Nord est la convergence de tous les fuseaux horaires et qu'il était, par conséquent, hors du temps.

« Mais comment est-ce que je contacterai Crystal ou mes parents s'il y a un problème ? » ai-je demandé.

« Il y a des téléphones analogiques dans le salon. Tu seras mise en communication », a-t-il répondu.

« Comment savent-ils à quelle heure commence la cérémonie ? »

« Pour nous faciliter la tâche, ils utilisent GMT, la même heure qu'à Londres. »

J'ai hoché la tête. Aussi jolie que soit ma pochette, je risquais de la poser sur une table quelque part et de l'oublier. J'ai enlevé ma montre et l'ai glissée à l'intérieur. Si j'avais besoin de rafraîchir mon gloss, je pourrais tout aussi bien le faire ici que dans les toilettes des dames. J'ai mémorisé cette cheminée particulière et j'ai placé mon sac sur le manteau. Avec plus de cinquante cheminées éparpillées dans la pièce, il serait facile de se perdre.

Connor m'a offert son bras, et nous nous sommes dirigés vers un groupe de jeunes qui discutaient près de la scène.

Alors que nous approchions, l'un des garçons les plus âgés a croisé mon regard et s'est avancé.

Il s'est incliné et a tendu sa main, non pas pour serrer la mienne mais pour la baiser. J'ai rougi et l'ai rapidement retirée.

« Qu'est-ce qu'une beauté ravissante comme toi fait avec un avorton comme Connor ? » a-t-il demandé.

Bien que ce soit un compliment, j'ai plissé les yeux vers lui. « Ce n'est pas très élégant de parler ainsi de l'un de tes amis. »

La main du garçon a volé vers sa poitrine, et il a affecté une expression blessée. « Ravissante et acérée ! » a-t-il dit. « Toutes mes excuses. Tu te méprends. Connor est ici le membre le plus récent et le plus jeune de la meute ; il est l'avorton. C'est un fait, pas une insulte. »

Connor a ri et m'a présenté ce malotru. « C'est Oliver Donner. C'est l'aîné, le chef de la meute. M'appeler l'avorton est l'un de ses privilèges, bien que je pense qu'il en profite beaucoup trop. »

J'ai simplement hoché la tête. Je me suis fait une note mentale de demander si le chef de la meute était aussi l'alpha, mais je ne voulais pas embarrasser Connor avec des questions stupides.

Nous nous sommes rapprochés des autres, et j'ai été présentée aux dix autres métamorphes rennes et à leurs partenaires. Deux des métamorphes se tenaient la main. Je me suis fait une autre note mentale de demander quelles étaient les règles de la meute. Sortir avec des membres de la meute semblait être autorisé.

« Ravi de te rencontrer, Kayla », a dit Spencer, le petit ami de Seraphina Blitzen. « Si tu as des questions, je suis ton homme. Nous, les normaux, devons rester solidaires. »

« Merci », ai-je dit. J'ai jeté un coup d'œil à Seraphina, et elle a acquiescé.

Nous avons bavardé, et quelques boissons pétillantes ont été servies. Je ne pense pas qu'elles contenaient de l'alcool, et elles étaient savoureuses. Une fois que j'ai répondu aux questions du groupe – quel âge as-tu, où habites-tu, où vas-tu à l'école, comment toi et

Connor vous êtes-vous rencontrés – le groupe a semblé perdre tout intérêt et a repris ses conversations.

« Combien de temps reste-t-il avant la cérémonie ? » ai-je demandé. « Avons-nous le temps pour une visite ? »

Connor s'est tourné vers la scène et a pointé du doigt. « Tu vois ce grand sablier ? » a-t-il dit, et j'ai acquiescé. « C'est le temps qu'il reste avant l'arrivée du Père Noël. »

« Oh, alors nous devrions rester dans les parages », ai-je répondu, en voyant qu'il restait très peu de sable.

Connor a ri. « C'est le truc. C'est un sablier magique ; le sable s'accélérera ou ralentira en fonction du planning du Père Noël. Donc, on ne sait jamais vraiment combien de temps il nous reste. »

« Ça n'a aucun sens ! » ai-je dit, et Connor a haussé les épaules.

« Pour répondre à ta question, nous avons le temps pour une mini visite. Quand les lumières clignoteront, nous reviendrons. Ils ne commenceront pas sans nous », a-t-il dit.

Connor

~~~

J'ai emmené Kayla hors de la salle de bal jusque dans le hall, où une maquette miniature du Village du Père Noël était exposée. Je lui ai montré le bâtiment le plus élevé du côté sud de la ville.

« Nous sommes au rez-de-chaussée du bâtiment scolaire. C'est ici que se déroulent tous les événements importants. »

« Une école ? » a-t-elle demandé.

« L'École des Métamorphes », ai-je répondu. Comme elle me regardait sans comprendre, j'ai poursuivi : « Une fois que nous rejoignons l'équipe du Père Noël, nous devons fréquenter cette école. »

« Comme un internat ? »

« Oui, exactement comme un internat. On peut rentrer chez soi le week-end et pendant les vacances. »

Elle a hoché la tête et examiné la maquette. « Et ces autres bâtiments ? Où se trouve l'atelier ? »

Évidemment, elle allait me poser cette question sur l'atelier.

« Le Père Noël n'a pas vraiment d'atelier à proprement parler », ai-je répondu. Ce serait compliqué à expliquer.

« Où est-ce que les lutins fabriquent les jouets et les cadeaux ? »

a-t-elle demandé. Son visage était si sincère que je n'ai pas pu m'empêcher de l'embrasser. Elle a souri et s'est penchée vers moi. À peine un battement de cœur plus tard, elle a posé ses mains sur ma poitrine et s'est écartée.

« Où sont les lutins ? Je ne les ai pas vus dans la salle de bal », a-t-elle demandé, scrutant mon visage comme si elle craignait que je lui raconte des histoires.

J'ai soupiré.

« Les lutins ne sont pas ces petits bonshommes mignons qu'on voit dans les films. Ce sont des métamorphes, et ils ne fabriquent pas de jouets. »

Son visage s'est décomposé. C'est ce que je redoutais. Elle avait tant d'attentes concernant le Pôle Nord ; la vérité allait forcément la décevoir.

« Quoi ? » s'est-elle exclamée en se tournant vers la maquette. « À quoi servent tous ces bâtiments, alors ? Et en quoi se transforment les lutins ? » Elle paniquait. Je pouvais voir qu'elle passait mentalement en revue tous les livres et films qu'elle avait vus, cherchant une alternative aux lutins auxquels elle s'attendait.

« Pour référence, ces lutins ressemblent davantage aux elfes de Tolkien. Ils sont grands et minces, ont des oreilles pointues et sont immortels. Ils prennent forme humaine en présence d'humains », ai-je expliqué.

« Pourquoi ? »

« C'est une longue histoire, et je te promets qu'on y reviendra quand nous aurons plus de temps », ai-je répondu. J'ai posé mes mains sur sa taille et l'ai doucement déplacée vers la droite pour que nous puissions observer les bâtiments autour de la place centrale.

« Le Village du Père Noël est comme n'importe quelle petite ville. Il y a un marché, un magasin de vêtements, un magasin de chaussures, un dentiste et d'autres professionnels dont les habitants pourraient avoir besoin. C'est là que les lutins vivent depuis des millénaires et où la meute et les professeurs habitent pendant l'année scolaire. »

Je lui ai indiqué tous les bâtiments. Nous avons fait le tour de la maquette jusqu'à ce que nous soyons derrière l'école. « Ici se trouvent les écuries. C'est là que nous nous entraînons sous forme de renne et où le traîneau du Père Noël est entreposé et entretenu. »

« Mais si les lutins ne fabriquent pas de jouets, et qu'il n'y a pas d'atelier, qu'est-ce que le Père Noël distribue la nuit de Noël ? » a demandé Kayla. Elle a fait un geste vers le Village d'une main tandis que l'autre reposait sur sa hanche.

« De l'espoir », ai-je dit, mais alors que je prenais une inspiration pour m'expliquer davantage, les lumières ont clignoté. « Nous devons retourner à l'intérieur. Je t'expliquerai plus tard, je te le promets. »

Elle a croisé les bras et a fait mine de bouder, mais je voyais bien qu'elle n'était pas en colère. Elle était curieuse, et j'avais piqué son intérêt.

« Allez, c'est l'heure pour moi de me montrer ! » ai-je lancé. J'ai saisi sa main, et nous avons couru vers la salle de bal.

Kayla

Lorsque nous sommes entrés dans la salle de bal, les lumières au plafond étaient tamisées, et des projecteurs tournoyaient dans la pièce comme si nous étions dans l'une des meilleures boîtes de nuit de Londres. La musique résonnait dans les haut-parleurs, les basses faisant vibrer ma cage thoracique. Connor m'a embrassée sur les joues et m'a laissée avec Spencer, le petit ami de Seraphina.

Un par un, des spots se sont allumés au milieu de la salle, et les gens se sont écartés comme la mer Rouge. Connor et les onze autres métamorphes ont pris place sous chacune des lumières ; Oliver était le premier, et Connor le dernier. La musique a été remplacée par ce qui ressemblait à des tambours tribaux. Cela faisait trembler le sol, et je jure avoir senti l'électricité parcourir mon corps. L'air en crépitait.

C'est la magie.

Les yeux rivés sur les douze silhouettes devant moi, j'ai regardé avec étonnement comment ils se sont transformés à l'unisson. Le scintillement doré a tourbillonné autour d'eux et, pouf, ils étaient devenus des rennes. Ils marchaient en tandem, avec une précision quasi militaire, dans un mouvement un-deux-pause qui me rappelait les chevaux de spectacle. Ils faisaient clairement leur show.

Ils se sont dirigés vers la scène et se sont alignés deux par deux comme s'ils se préparaient à tirer le traîneau du Père Noël. Ils bougeaient toujours en rythme avec les battements du tambour. Les gens ont commencé à applaudir au même rythme, et le tempo s'est accéléré. L'excitation dans la salle était palpable.

Le Père Noël arrive.

Je pouvais le sentir jusqu'au plus profond de mes os. J'ai scruté la scène, mais je ne pouvais ni le voir, ni apercevoir une porte par laquelle il pourrait arriver. Les deux premiers rennes ont recommencé à marcher, tournant à droite cette fois, et les autres ont suivi. Ils ont formé un arc de cercle jusqu'à se retrouver derrière les deux derniers, et tous les rennes faisaient face au centre du cercle.

Les tambours se sont arrêtés, tout comme les applaudissements. Le scintillement doré était de retour, plus épais qu'auparavant. Je pouvais maintenant entendre des clochettes de traîneau, fortes et résonnant dans toute la salle. De la fumée a commencé à ramper le long du sol et à tourbillonner autour des pattes des rennes. Il y a eu un grand bang, des étincelles partout, et le Père Noël est apparu, entouré des douze métamorphes, redevenus humains.

Tout le monde a éclaté en acclamations et applaudissements. Le Père Noël et les métamorphes se sont inclinés à l'unisson, et Oliver a ouvert la voie dans l'allée centrale, les autres le suivant jusqu'à ce que seul le Père Noël reste.

Lorsque Connor est venu se tenir à côté de moi, il rayonnait.

« Qu'est-ce que tu en as pensé ? » m'a-t-il demandé dans un murmure près de mon oreille en glissant sa main dans la mienne.

« Vous étiez incroyables », ai-je soufflé. Je me suis tournée pour le regarder et j'ai vu ses yeux qui brillaient. Les autres rennes avaient la même lueur verte quand j'ai jeté un coup d'œil autour de moi. J'ai serré sa main ; il a répondu de même.

« Que penses-tu du grand bonhomme ? Est-il tout ce que tu imaginais ? »

Non, le Père Noël n'était pas du tout comme je l'imaginais. Je m'attendais à une figure ronde et paternelle avec une barbe blanche et des yeux pétillants. L'homme debout sur la scène, les bras étendus, savourant les applaudissements, n'était pas du tout un grand-père. Je n'aurais pas pu deviner son âge même en essayant.

Son visage pâle et lisse rayonnait de jeunesse, mais ses yeux noirs perçants révélaient une sagesse qui donnait l'impression qu'il était plus âgé, plus sage. Il était grand, plus grand même que le plus grand des métamorphes, avec une silhouette élancée. Les robes argentées qu'il portait scintillaient dans la lumière et ondulaient à chacun de ses mouvements.

Il a joint ses mains et s'est incliné à nouveau, puis nous a fait signe de nous asseoir. Je n'avais pas vu de chaises, mais elles étaient là. Les applaudissements se sont éteints, et le Père Noël a retiré sa capuche pour révéler des cheveux argentés et des oreilles très pointues.

« Le Père Noël est un elfe ? » ai-je chuchoté à Connor.

« C'est le Roi des elfes », a-t-il murmuré.

Quand il a parlé, j'ai compris pourquoi les elfes se métamorphosaient en forme humaine. Au lieu de dents blanches comme des perles, le Père Noël avait des rangées de dents tranchantes comme des rasoirs, et sa voix était haute et mélodieuse.

Il y avait quelque chose d'ancien en lui, quelque chose qui murmurait un pouvoir bien plus vieux que l'icône joyeuse de Noël à laquelle les humains croyaient. La façon dont les autres êtres magiques s'inclinaient devant lui n'était pas seulement du respect, c'était de la révérence. Je me suis souvenue des histoires que mon père me racontait sur les anciens Royaumes des Elfes, comment leurs dirigeants avaient façonné les forces mêmes de la nature. En regardant le Père Noël maintenant, ces histoires semblaient soudain moins des contes de fées et plus de l'histoire.

« Bienvenue à notre cérémonie annuelle de remise des prix. Je vous promets que je ne vais pas vous ennuyer avec un long discours. Passons directement aux choses sérieuses », a-t-il commencé.

Connor

J'ai compris que le Père Noël avait effrayé Kayla à la façon dont elle me serrait la main encore plus fort quand il a commencé à parler. Quand j'ai dû la quitter pour accepter mon prix du Meilleur Performeur aux Jeux des Rennes, j'ai dû desserrer ses doigts et lui promettre que je reviendrais tout de suite.

Elle a gardé un sourire figé sur son visage jusqu'à la fin de la cérémonie, quand on a rallumé les lumières. Des tables de buffet étaient apparues à chaque extrémité de la salle, et une douce musique jazz jouait en fond.

Bientôt, la danse commencerait, et j'espérais que Kayla se serait suffisamment remise pour me faire l'honneur d'une danse. Je savais aussi que le Père Noël allait se mêler aux invités et voudrait sûrement rencontrer Kayla.

J'ai cherché Sam dans la foule et j'ai essayé d'établir un contact visuel quand je l'ai trouvée. Quand elle m'a enfin vu, j'ai fait un signe de tête vers Kayla et j'ai discrètement pointé en direction des toilettes des dames.

Elle a dit quelque chose à ses amis et est venue vers nous.

« Quel spectacle, n'est-ce pas ? » a-t-elle dit.

Kayla a hoché la tête, pensive. « Je n'ai jamais rien vu de tel auparavant. »

« Ça te dit d'aller aux toilettes, Kayla ? »

« Oui ! » a répondu Kayla, se précipitant immédiatement vers Sam.

J'ai silencieusement articulé « merci » à ma sœur et j'ai laissé Kayla entre ses mains compétentes. Sam avait déjà géré des invités humains au Pôle Nord ; elle saurait quoi dire. Avec un peu de chance, elle ramènerait des couleurs aux joues de Kayla.

Pendant ce temps, bien que Seraphina et moi ne soyons pas les meilleurs amis du monde, j'appréciais assez Spencer. Il pourrait avoir un conseil à partager. Je me suis dirigé vers l'endroit où il était assis et j'ai demandé si je pouvais me joindre à eux.

« Tu es la vedette de la soirée, comment pourrions-nous refuser », a répondu Seraphina. Il était difficile de dire si elle était sincère.

« Euh, merci, je suppose », ai-je répondu. Après une pause, je me suis tourné vers Spencer et j'ai demandé : « À quel point as-tu été choqué quand tu as vu le Père Noël pour la première fois ? »

Il a réfléchi un moment et a répondu : « Pas tellement. Seraphina m'avait fait regarder un des films de Peter Pan, celui avec la sirène effrayante. Tu vois lequel ? »

J'ai acquiescé. « Eh bien, elle m'avait dit que c'est à ça que ressemblaient les lutins, et que le Père Noël était le Roi des lutins », a expliqué Spencer.

J'ai pouffé. « Le Père Noël n'est pas du tout aussi effrayant que ces sirènes ! »

« Certes, mais je m'étais préparé au pire. »

Je me suis frappé le front avec la main. Il avait raison, bien sûr. « Je suis vraiment un idiot », ai-je dit.

« Je ne peux pas dire que je ne suis pas d'accord », a répondu Seraphina avec un sourire mielleux. « Mais ne sois pas si dur avec toi-même. Ce n'est pas comme s'il existait un manuel pour préparer les étrangers aux réalités du Pôle Nord. Si elle est faite pour toi, elle s'en remettra. Sinon, donne-lui simplement la potion d'oubli et considère ça comme une leçon apprise. »

« J'espère vraiment qu'elle est faite pour moi », ai-je dit à personne en particulier.

Kayla

J'étais reconnaissante de pouvoir m'échapper de la fête. C'était magnifique et magique, mais j'avais besoin d'espace pour remettre mes idées en place. C'était beaucoup trop pour une fille d'Oxford.

Samantha m'a conduite aux toilettes, où la musique était heureusement étouffée. J'ai été surprise de constater qu'il ne s'agissait pas de toilettes ordinaires. C'était plutôt un élégant salon avec des fauteuils en velours rouge et vert. Une rangée de lavabos se trouvait devant un miroir sur un côté de la pièce.

« Où sont les toilettes ? » ai-je demandé à Sam.

Ses yeux ont pétillé tandis qu'elle montrait une grande porte en chêne au fond de la pièce. « Derrière cette porte. Il y a deux rangées de cabines pour faire nos petites affaires. Le salon est séparé si on a simplement besoin d'un endroit calme pour se détendre ou rafraîchir notre maquillage. »

« Oh, j'aurais dû prendre ma pochette », ai-je gémi. Après toute cette danse, j'avais probablement besoin de retoucher mon maquillage.

« Tu es parfaite », m'a dit Sam.

Elle m'a fait signe de m'asseoir et a placé une serviette humide sur ma nuque. La magnifique robe rouge que Crystal m'avait achetée scintillait sous les lumières clignotantes. C'était comme si nous étions sous un milliard d'étoiles, chacune piégée dans un flocon de neige.

« Comment te sens-tu ? » m'a demandé Sam.

« C'est écrasant », lui ai-je avoué. « Tout est grandiose. Mais il y a quelques semaines à peine, je ne croyais plus à la magie. Je voulais y croire, mais je n'y arrivais pas. Maintenant je suis au Pôle Nord pour le Nouvel An ! »

Sam a ri, puis son visage s'est crispé d'inquiétude. « Est-ce que ça change ce que tu ressens pour Connor ? »

J'ai réfléchi à la question. Le métamorphe renne m'avait attirée dès notre première rencontre. Rien que de penser à lui me faisait sourire. Cela apaisait une partie de la panique que je ressentais dans cette situation.

« Non », lui ai-je dit. « Ça ne change rien à ce que je ressens. Connor est incroyable. Il est gentil et drôle. Je l'aime. »

Le sourire de Sam s'est élargi. « Vraiment ? »

Mes joues se sont réchauffées, mais je lui ai rendu son sourire. « Oui. C'est vrai. C'est la seule chose magique à laquelle je n'ai jamais cessé de croire. J'ai toujours cru au coup de foudre. Même si, dans notre cas, ce n'était pas exactement au premier regard. Pas avant qu'on se retrouve coincés dans cet ascenseur. »

Sam a ri avec moi. « Je suis contente qu'il soit tombé en panne, alors ! Tu le rends heureux. »

« Vraiment ? » ai-je demandé, pas sûre de la croire.

« Est-ce que je te mentirais ? »

J'ai souri. Non. Non, elle ne mentirait pas. « Je suis très reconnaissante de faire partie de ce monde, Sam. Même si c'est un peu trop pour moi en ce moment. Je ne veux jamais le quitter. »

Chaque mot était vrai. Le dire à voix haute m'a aidée à me sentir mieux face à toute cette situation. J'avais juste besoin de temps pour mieux comprendre les choses.

« Oh, ça me fait penser. Est-ce que le chef de meute est la même chose qu'un alpha ? » lui ai-je demandé.

Sam a hoché la tête. « En gros, oui. Tous les métamorphes rennes font partie du troupeau. Seuls ceux qui tirent le traîneau du Père Noël font partie de la meute. Le chef de meute est celui qui organise les jeux des rennes et aide le Père Noël à choisir qui mènera le traîneau. »

« Oh, donc il ne le dirige pas ? » ai-je demandé.

« Non. Le chef de meute dirige la meute en prenant soin de chacun et en étant conscient de leurs forces et faiblesses. C'est un poste crucial. » Sam soupire. « Connor espère devenir chef de meute un jour. J'espère que le Père Noël pourra voir son potentiel. »

J'ai pensé au Père Noël avec ses cheveux argentés, sa silhouette élancée et ses dents pointues. J'ai frissonné. « Le Père Noël me fait peur. »

Sam a ri. « Seulement parce que tu ne le connais pas. Et parce que tu as cru à ces bêtises de joyeux bonhomme toute ta vie. Allez, retournons au bal. »

Un Père Noël grassouillet et jovial m'avait toujours semblé rassurant. Toujours en fronçant les sourcils, je l'ai suivie hors des toilettes.

Alors que nous revenions à la fête, Connor est venu vers moi. Il rayonnait, élégant dans son costume en velours vert. Tous mes doutes se sont envolés.

« Tu veux danser ? » m'a-t-il demandé.

« Oui », ai-je répondu.

J'ai pris sa main, et nous avons dansé. En plongeant mon regard dans ses yeux, la magie qui nous entourait vibrait en rythme avec la musique.

J'aimerais pouvoir raconter à ma famille tout ce qui se passe ici, ai-je pensé. Mais je savais que c'était impossible. Et je devrais vivre avec ça.

Connor

La magie du Pôle Nord semblait encore plus féerique pendant que je dansais avec Kayla. Les décorations enchanteresses paraissaient plus brillantes et plus scintillantes, tandis que l'ambiance était merveilleuse. Nous avons dansé toute la nuit, notre conversation coulant avec aisance. Parler avec elle était si facile. Cela m'étonnait.

« Je ne veux pas que la nuit se termine », m'a-t-elle finalement avoué. Puis elle a soupiré. « Mais je suppose qu'elle doit bientôt finir, n'est-ce pas ? Quelle heure est-il, d'ailleurs ? »

J'ai ri doucement. « Eh bien, nous sommes au Pôle Nord. La convergence de tous les fuseaux horaires. Techniquement, nous n'avons pas d'heure. »

« Mais tu as dit que le Pôle Nord fonctionnait à l'heure de Londres », a-t-elle répondu, l'air confuse.

J'ai acquiescé puis expliqué. « C'est un peu compliqué. Nous organisons les choses selon l'heure de Londres, mais nous sommes aussi hors du temps. C'est une chose magique. Donc, quand tu regardes l'horloge, tu peux voir quelle heure il est à Londres. Mais le temps ne change pas vraiment. »

« Mais nous devons être ici depuis des heures », a-t-elle dit.

« Es-tu fatiguée ? » lui ai-je demandé avec une lueur malicieuse dans les yeux.

Les yeux de Kayla se sont écarquillés. « Maintenant que tu le mentionnes... non. Je ne suis pas du tout fatiguée. Même si nous dansons depuis tout ce temps. »

« C'est la magie », lui ai-je expliqué.

« C'est incroyable », a-t-elle dit, émerveillée.

J'appréciais l'émerveillement sur son beau visage. Puis elle a pincé sa lèvre inférieure entre ses dents. Elle semblait hésitante, et cette expression était si adorable que je n'ai pas pu m'empêcher de déposer un baiser sur son front.

« Il y a quelque chose qui me trouble », a-t-elle dit.

« N'hésite pas à demander. » Je lui ai fait un signe de tête encourageant.

« Eh bien... » Elle a fait traîner le mot. « Tout à l'heure, quand j'ai demandé si le Père Noël livre des cadeaux dans le monde entier, tu as dit qu'il apporte de l'espoir. Mais je ne comprends pas. Comment peut-il faire ça ? »

J'ai hoché la tête. Je m'attendais à quelque chose comme ça. Tellement d'histoires s'étaient mêlées à celle du Père Noël qu'il était difficile de démêler le vrai du faux.

« Le Père Noël n'a jamais livré de cadeaux aux gens », lui ai-je expliqué. « Tu vois, Noël arrive juste avant la période la plus sombre de l'année et les mois d'hiver les plus froids dans l'hémisphère Nord. Alors, le Père Noël vole à travers le monde entier, apportant des sentiments d'espoir, de paix et de joie pour fortifier tout le monde contre l'obscurité et le froid. »

« Oh. Comment ? »

C'était ce que j'apprendrais à l'École des Métamorphes. « Je ne sais pas exactement. Ça fait partie de la magie. C'est lié à son accord avec les anges, je pense. »

« Les anges ? »

« Tu ne penses pas que les lutins sont les êtres les plus puissants, si ? » lui ai-je demandé avec un clin d'œil.

Kayla a cligné des yeux, puis souri. « Je vois. Mais tu as dit que c'était pour l'hémisphère Nord. »

« Oui. Le Père Noël parcourt le monde entier la veille de Noël, mais ce n'est pas le seul jour où il répand l'espoir. C'est simplement le jour le plus puissant », lui ai-je dit. « Quatre-vingt-sept pour cent de la population mondiale vit dans l'hémisphère Nord. »

Kayla a réfléchi intensément, son nez se plissant sous l'effet de la concentration. « Je suppose que ça a du sens. Mais pourquoi la veille de Noël ? Le solstice d'hiver n'est-il pas le 20 ou 21 décembre ? »

Maintenant j'étais perplexe. « J'en saurai plus une fois que j'aurai suivi le cours d'Histoire de Noël, mais je pense que la date a changé lorsque plus de gens ont commencé à célébrer Noël plutôt que le Solstice. »

Les yeux de Kayla se sont illuminés, et elle m'a souri, faisant glisser ses mains le long des revers de ma veste. « Histoire de Noël ? » a-t-elle demandé, sautillant d'excitation. « Tu devras tout me raconter ! »

Une sensation chaleureuse m'a envahi. Nous nous balancions toujours au rythme de la musique, mais soudain, elle semblait lointaine, le son filtrant à travers un tunnel.

J'ai pris conscience de mon cœur qui battait, rapide et furieux. Le visage de Kayla rayonnait, les douces boucles autour de son visage dansant au ralenti.

J'ai pris une profonde inspiration. Je l'avais déjà dit impulsivement, mais je voulais le dire avec intention. Mes mains ont quitté sa taille pour se poser sur les siennes. J'ai plongé mon regard dans ses magnifiques yeux bleus et dit : « Je t'aime, Kayla. »

Ses joues ont rosi, mais son sourire s'est élargi. « Je t'aime aussi, Connor. »

J'ai placé mes mains de chaque côté de son visage et je l'ai embrassée. La pièce a disparu alors que nous flottions sur un nuage sous le ciel de minuit.

Kayla

Nous nous sommes embrassés pendant une éternité. À bout de souffle, nous avons posé nos fronts l'un contre l'autre, nos mains entrelacées entre nous. C'est donc ça quand les gens disent qu'un baiser peut arrêter le temps. Oui, c'était de la pure magie.

Mes yeux se sont entrouverts quand j'ai senti quelque chose de froid se poser sur ma joue. Des flocons de neige ! J'ai levé le visage et j'ai vu qu'un petit nuage s'était installé au-dessus de nous sur la piste de danse. J'ai gloussé et j'ai regardé Connor, dont le visage était rouge comme une tomate.

« C'est ce qui se passe quand l'atmosphère devient brûlante sur la piste. Ça ne m'est jamais arrivé avant », m'a-t-il dit.

J'ai jeté un coup d'œil aux autres danseurs. La plupart ignoraient le nuage, mais quelques-uns des couples plus jeunes nous souriaient et nous faisaient des clins d'œil. Mes joues ont rosies, et j'ai souri timidement à Connor.

Nous avons repris notre danse, et j'ai dit à Connor à quel point j'aimais la neige et que j'aurais aimé qu'il y en ait plus à Oxford.

« Une fois, j'ai même pensé déménager au Canada », ai-je dit, et Connor a ri.

Quelqu'un s'est éclairci la gorge derrière moi. Connor avait pris un air sérieux, et je me suis retournée pour voir le Père Noël. Il souriait, mais sa bouche était fermée, donc je ne pouvais pas voir ses dents.

« Je suis désolé, monsieur. Je suppose que nous nous sommes laissés emporter par la chaleur du moment, pour ainsi dire », s'est empressé de dire Connor.

« Ce n'est rien, Connor. Je venais vous demander si je pouvais vous interrompre », a demandé le Père Noël. Son regard s'est tourné vers moi, les coins de ses yeux se plissant.

Ce n'était pas suffisant pour apaiser la nervosité qui me nouait l'estomac.

« Kayla, puis-je avoir cette danse ? » a demandé le Père Noël, la main tendue.

J'ai regardé Connor, qui m'a souri et a acquiescé d'un signe de tête encourageant. J'ai avalé nerveusement ma salive. « D'ac-cord », ai-je bégayé.

Le Père Noël a pris ma main et m'a conduite au centre de la salle de bal. La foule s'est écartée, et une valse a commencé. J'étais sur le point de lui dire que je ne savais pas valser quand le Père Noël m'a emportée. Magie ou pas, il était clairement meilleur danseur que Connor.

« Je sais que j'ai l'air intimidant », a dit le Père Noël pendant que nous dansions. « Je peux prendre forme humaine si vous préférez. »

En regardant son visage, j'ai réalisé que je ne voulais pas qu'il le fasse. Oui, j'étais intimidée par ses traits, mais pourquoi devrais-je l'être ? C'était le Père Noël. Je lui ai écrit tant de lettres en grandissant. J'ai pris une profonde inspiration et j'ai secoué la tête.

« Non, s'il vous plaît, ne changez pas. J'ai besoin de m'habituer à la magie. »

« J'en suis ravi. Cela montre que vous êtes prête à changer votre façon de penser pour Connor », a dit le Père Noël.

Il m'a posé des questions sur ma famille, et nous avons discuté pendant un moment. J'étais impatiente de tout lui raconter. Mon cœur s'est senti étrangement lourd quand j'ai terminé.

« J'aimerais pouvoir les amener ici », ai-je laissé échapper avant de perdre courage.

Le Père Noël a haussé un sourcil. « Vraiment ? »

« Oui. Je sais que le Serment signifie que je peux leur dire la vérité, et que leurs esprits changeront ce que je dis pour que nous puissions nous comprendre. Ce qui fait que ce n'est pas vraiment un mensonge complet », ai-je dit, les sourcils froncés. « Et j'en suis très reconnaissante, bien sûr. Je comprends pourquoi c'est nécessaire. Vous ne connaissez pas ma famille. »

« C'est vrai », a dit le Père Noël. « Je ne suis pas omniscient. »

J'ai soupiré, imaginant l'excitation de tout le monde s'ils pouvaient voir tout ça. « Je suppose que je n'aime pas l'idée des demi-mensonges que le Serment transformerait. Je n'aime pas leur cacher ce qui se passe dans ma vie. Et j'aimerais pouvoir partager la magie avec eux. L'année a été difficile. »

« Je sais, ma chère. Ça a été difficile partout dans le monde ces dernières années. Mais vous devez garder espoir. »

Je lui ai souri. C'était incroyable comme il m'avait mise à l'aise facilement. « Je le ferai. Et je suivrai toutes les règles, je vous le promets. »

« Bien. Mais il y a quelque chose que vous devriez savoir. » Le Père Noël a arrêté de danser et m'a regardée sérieusement. La musique s'était arrêtée, et il me conduisait vers l'endroit où Connor était assis avec ses amis.

« Il existe une potion que vous pouvez boire pour effacer vos souvenirs du Pôle Nord. »

Je l'ai regardé bouche bée et j'ai lâché sa main. « Pourquoi voudrais-je faire ça ? »

« Si vous sentez que vous ne pouvez pas vivre dans le mensonge... ou si le Serment échoue », a-t-il dit, son expression grave. « Cette option est disponible. »

Un frisson m'a parcouru l'échine. Tout oublier ? Je chérirais ces moments pour toujours. Mais je comprenais son point de vue. Serait-ce trop difficile de ne jamais parler du Pôle Nord à ma famille et mes amis ? De ne jamais leur parler de Connor ?

Connor

Kayla semblait distraite après sa danse avec le Père Noël. Nous avons dansé et parlé, mais elle paraissait sur ses gardes et tendue.

« Tout va bien ? » lui ai-je demandé lorsque nous sommes rentrés.

« Je pense juste à ma famille, » m'a-t-elle dit, puis elle a souri pour me rassurer. « Je vais trouver une solution. Ne t'inquiète pas. »

Quand nous sommes arrivés à la maison, Sam a montré la chambre d'amis à Kayla. Je suis allé dans ma chambre et j'ai enfilé mon pyjama. Même si la soirée avait été grandiose et que j'étais fatigué, mon cerveau était trop agité pour dormir.

Je repensais sans cesse à ce que mes amis avaient dit, me demandant si Kayla était « la bonne ». Je l'aimais et je voulais voir à quoi ressemblerait notre avenir ensemble... mais et si elle ne ressentait pas la même chose ?

Et si toute cette magie était simplement trop pour elle ? Est-ce que ça pourrait expliquer pourquoi elle s'était montrée distante après sa danse avec le Père Noël ?

J'ai grogné en me retournant encore et encore. Peu importe à quel point j'étais confortablement installé, je n'arrivais pas à m'endormir. J'avais trop de pensées en tête.

Finalement, j'ai réalisé que je n'arriverais pas à trouver le sommeil du tout.

J'ai rejeté mes couvertures, enfilé une robe de chambre, et me suis dirigé à pas feutrés vers la cuisine pour un petit en-cas de minuit. Peut-être qu'un peu de lait chaud et un biscuit m'aideraient à m'endormir.

En approchant, j'ai été surpris de voir que la lumière était allumée. Je suis entré dans la cuisine et j'ai souri en voyant Kayla. Elle se tenait au milieu de la pièce, regardant autour d'elle avec une expression déconcertée.

Elle était tellement mignonne ! J'ai éclaté de rire.

Kayla a sursauté et s'est tournée vers moi. « Oh, Connor ! Tu m'as fait peur. »

« Je suis désolé, » lui ai-je dit. Je me suis approché, l'ai enlacée par le côté et ai déposé un baiser sur le haut de sa tête. « Si tu pouvais voir ton expression, tu aurais ri aussi. »

Cette fois, elle a ri avec moi. « J'avais l'air si drôle que ça ? »

« Oui, vraiment. »

Kayla a fait un geste englobant la cuisine. « Tes parents m'ont dit que je pouvais prendre ce que je voulais, mais je ne sais pas où se trouve quoi que ce soit. »

« Hmm. Qu'est-ce que tu veux ? »

« Je pensais peut-être à du pop-corn, » a-t-elle répondu. « Je n'arrive pas à dormir et je me disais que j'aimerais bien regarder un film. »

Mes yeux se sont illuminés. C'était une excellente idée ! Nous avons préparé un grand bol et nous sommes dirigés vers le salon.

« On ne va pas déranger ta famille ? » a-t-elle demandé.

« Non, cette maison a des murs épais. Personne n'entendra rien. »

Je me suis blotti contre elle et j'ai sélectionné un classique de Noël.

« J'adore les films de Noël, » a dit Kayla. « Ce sont mes préférés. »

« Les miens aussi. »

C'était exactement comme ça que j'imaginais une relation. Blottis sous une couverture, à regarder des films et à grignoter du pop-corn. Je veux dire, les baisers étaient agréables, et j'avais hâte de recommencer, mais ce moment était tout simplement délicieux.

Nous avons dû nous endormir car je me suis réveillé le lendemain avec Sam qui me secouait. Mon bras entourait Kayla, l'autre tenant toujours le bol de pop-corn vide.

Nous avons préparé des pancakes pour le petit-déjeuner, et Kayla était rayonnante et animée en discutant avec mes parents. Ils lui ont posé des questions sur sa famille, ses amis et ses projets d'études pour l'année suivante. Je ne pouvais m'empêcher de sentir qu'elle avait sa place ici.

Mais trop vite, le cousin de Kayla est venu la chercher. Je l'ai accompagnée jusqu'à la voiture et l'ai embrassée doucement. « Je t'appellerai, » ai-je promis.

« Tu as intérêt, » a-t-elle dit, en enfonçant un doigt contre ma poitrine. Elle s'est glissée dans la voiture et m'a fait signe de la main tandis qu'elle s'éloignait.

Kayla

Comme prévu, Crystal m'a posé un million de questions sur ce qui s'était passé. Je n'ai cessé de lui répéter qu'elle devait attendre notre retour à la maison pour que je puisse tout raconter à tout le monde en même temps. Tout mon corps se sentait chaud et rayonnant, comme si j'arrivais à la fin d'un merveilleux film de Noël.

La fin.

Le bonheur s'estompa légèrement. Ce n'était pas la fin de mon film, n'est-ce pas ? Connor et moi n'en étions qu'au début ! Je me demandais ce qui allait se passer ensuite. Toutes les comédies romantiques de vacances se terminent par un premier baiser...

Je suppose que je vais devoir attendre pour voir.

Je souris intérieurement et entrai dans la maison. Ma tête était encore remplie de la magie du Pôle Nord. Tout restait vif et clair. J'avais craint hier soir de me réveiller aujourd'hui et de découvrir que tout n'était qu'un rêve.

Mais ce n'était pas le cas. Aucun rêve n'était aussi tangible que mes souvenirs du Pôle Nord.

« On est rentrées », annonça Crystal.

Une horde de membres de la famille nous accueillit. Ils posaient tous des questions en même temps. Je dus rire et agiter les mains pour les faire arrêter.

« Raconte-nous tout », exigea maman quand nous entrâmes dans le salon.

« Par où commencer ? », me demandai-je à voix haute. « Eh bien, je suppose que vous devriez d'abord savoir que Connor et sa famille sont des métamorphes de renne. Ils peuvent se transformer en rennes et tirer le traîneau du Père Noël. »

Les yeux de maman s'écarquillèrent, et sa mâchoire tomba.

Je me demandais ce que le Serment leur traduisait. Je continuai à décrire mon voyage au Pôle Nord et tout ce qui s'y était passé. Quand j'en arrivai à la partie où je dansais avec le Père Noël, mon frère Andy éclata de rire.

« Qu'est-ce qu'il y a de si drôle ? », lui demandai-je.

« Tu as dansé avec le Père Noël ? Mère Noël n'était pas jalouse ? », pouffa-t-il.

J'ouvris la bouche pour riposter, mais rien n'en sortit. Mes parents, tantes, oncles et cousins me regardaient tous avec des expressions confuses. Quelques-uns d'entre eux avaient l'air de penser que je devenais peut-être folle.

Un frisson glacé me parcourut l'échine. Le Serment était censé masquer mes paroles. Ils n'auraient pas dû entendre quoi que ce soit concernant le Pôle Nord et le Père Noël.

« Euh... » J'avalai difficilement. « Quand nous sommes rentrées, je n'arrivais pas à dormir. Alors je suis allée à la cuisine, et Connor est venu aussi. Nous avons fait du pop-corn et nous sommes restés à regarder des films jusqu'à ce que nous nous endormions tous les deux. C'est tout. »

Papa se tira l'oreille. « Tu veux dire que tu es allée dans un endroit décoré comme le Pôle Nord, c'est ça ? »

Mon souffle se bloqua dans ma gorge. Il n'était pas censé avoir entendu ça !

« Que se passe-t-il ? », me demandai-je à voix haute.

« Et tu as dansé avec quelqu'un déguisé en Père Noël », insista maman.

Tante Mathilda demanda : « Tu ne t'es pas sentie bizarre d'être la seule sans costume ? »

Je les regardai tour à tour. Mes mains devinrent froides. Avais-je fait quelque chose de mal ? Peut-être avais-je bu une mauvaise dose de la potion du Serment. Ou peut-être que je n'aurais pas dû boire autant de délicieuses boissons pétillantes pendant la fête.

« Vous n'étiez pas censés me comprendre », dis-je, paniquée. « Vous étiez censés penser que j'étais allée à une sorte de bal diplomatique ou quelque chose comme ça ! Mais vous... vous avez tout entendu, n'est-ce pas ? »

Crystal posa ses coudes sur la table. « Si tu veux dire que tu viens de nous raconter que tu es allée au Pôle Nord avec un métamorphe de renne qui a guidé le traîneau du Père Noël cette année, alors oui. »

Je me frottai les mains contre mon pantalon. « Et... et vous me croyez ? », demandai-je, espérant qu'ils éclateraient tous de rire comme Andy.

Leurs visages répondaient à tout.

Ils me croyaient.

« Tu n'as jamais été du genre à inventer des choses », dit maman. « Même quand tu jouais à des jeux de magie, cela semblait toujours... eh bien, réel pour toi. »

J'avalai ma salive. Mon cœur battait la chamade. Le Serment n'avait pas fonctionné. Je venais de tout déballer.

Connor aurait-il des problèmes à cause de moi ? Le Père Noël effacerait-il nos mémoires ?

Connor

Ma famille passait toujours le jour de l'An avec des métamorphes âgés. Bien qu'ils ne nous reconnaissent pas et ne puissent plus se transformer, nous apportions quand même des couvertures, du thé chaud et des tartelettes hachées. C'étaient les chants qui amenaient parfois un Métamorphe à prendre forme humaine, et ils étaient toujours heureux de voir un visage amical quand cela arrivait.

Je suis rentré pour découvrir un message paniqué de Kayla, et ma bonne humeur s'est évaporée. Elle avait été vague sur les détails, disant seulement que je devais la rappeler immédiatement.

J'ai avalé la boule dans ma gorge et je l'ai appelée.

« Salut, Kayla. Qu'est-ce qui se passe ? »

« Le Serment a échoué. J'ai tout raconté à ma famille - tantes, cousins, tout le monde, et ils ont entendu chaque mot », m'a-t-elle dit. Elle parlait rapidement, m'expliquant ce qui s'était passé.

Elle était dans tous ses états. J'ai essayé de la calmer, mais sa panique était contagieuse. Je n'avais jamais entendu parler d'un tel échec du Serment. Quelque chose avait dû mal tourner, mais quoi ?

Papa avait obtenu le Serment des elfes lui-même juste avant que Kayla n'arrive à la maison hier.

Le Serment était l'une des plus anciennes formes de magie de liaison dans notre monde, remontant à l'époque où les cours saisonnières avaient établi l'équilibre pour la première fois. Il était censé être incassable - un mélange de magie élémentaire et de promesses anciennes qui réorientait la perception humaine plutôt que d'altérer la mémoire. S'il avait échoué, il y avait quelque chose de vraiment inhabituel chez Kayla et sa famille.

« Je vais parler à ma famille. Je suis sûr qu'on peut comprendre ce qui s'est passé », ai-je dit, en espérant avoir raison. « Ne t'inquiète pas. Il doit y avoir un moyen simple de résoudre ça. »

J'ai raccroché et j'ai fait face à mes parents et ma sœur. Ils me regardaient tous avec inquiétude.

« Qu'est-ce qui ne va pas ? » a demandé Maman.

« C'est Kayla. Le Serment n'a pas fonctionné. Elle a tout raconté à sa famille entière sur le Pôle Nord, et maintenant ils savent », ai-je dit. Je me suis mordu la lèvre tandis que l'inquiétude me rongeait l'estomac. « Sommes-nous en difficulté ? »

Papa s'est levé. « Bien sûr que non, Connor. Rappelle Kayla et dis-lui d'amener sa famille ici. Nous les emmènerons voir le Père Noël. Il saura quoi faire. »

J'ai acquiescé. « D'accord, c'est un bon plan », ai-je dit en envoyant un texto à Kayla pour qu'elle vienne ici au plus vite. Sa réponse a été instantanée.

On arrive. xo

Je dois me calmer pour le bien de Kayla.

Maman s'est activée à ranger la maison, et Sam a mis une assiette de biscuits tandis que Papa préparait du thé.

« Tout va bien se passer, Connor », m'a dit Sam alors que les voitures se garaient dans l'allée. « Le Père Noël comprendra que ce n'est pas ta faute. »

J'ai acquiescé vaguement. Je ne m'inquiétais pas vraiment pour moi, mais plutôt pour ce que cela signifiait pour Kayla.

Je savais que cela affecterait ma famille si le Père Noël décidait que j'avais fait quelque chose de mal. La famille Prancer était encore en train de redorer sa réputation. Mais je ne pouvais pas m'inquiéter pour moi-même. La pire chose qui pourrait arriver serait que le Père Noël décide que toute la famille de Kayla devrait oublier.

Kayla m'oublierait aussi... ou devrait renoncer au contact avec sa famille, ce qu'elle ne ferait jamais, je le savais.

Mon cœur me faisait mal rien qu'à penser qu'elle aurait à choisir.

Sa famille semblait impressionnée et nerveuse tandis que Maman et Papa les accueillaient dans la maison. Nous ne pouvions pas tous tenir dans la cheminée pour nous rendre au Pôle Nord, alors nous l'avons fait par petits groupes. Maman m'a envoyé d'abord avec Kayla et ses parents.

Kayla a entrelacé ses doigts aux miens alors que nous entrions dans la salle de bal. Les décorations d'hier soir avaient été enlevées, laissant apparaître des plafonds voûtés et un large plancher ouvert.

« C'est tellement beau », a murmuré sa mère.

Bientôt, tout le monde était là. Ils regardaient tous autour d'eux avec des expressions émerveillées. J'ai avalé nerveusement, puis j'ai soupiré. Il n'y avait aucune raison d'être nerveux, n'est-ce pas ? Nous avions suivi le protocole à la lettre.

« Asseyons-nous et attendons le Père Noël. J'ai appelé son assistant, et il devrait nous rejoindre sous peu », a dit Papa en montrant le coin salon.

« Que se passera-t-il quand il arrivera ? » a demandé le père de Kayla.

« Je suppose qu'il aura une potion à vous faire boire pour que vous oubliiez ce que Kayla vous a raconté. »

Kayla a serré ma main fortement. En regardant dans ses yeux, j'ai vu la même peur qui tordait mon estomac.

Je ne voulais pas que ce qui pourrait être nos derniers moments ensemble soit gâché par la peur. Les membres de la famille de Kayla chuchotaient entre eux, tous avec des expressions inquiètes.

« Puisque vous allez oublier de toute façon, je pourrais peut-être vous faire visiter le village. Des volontaires ? » ai-je suggéré.

Kayla a soupiré de soulagement. « Ce serait merveilleux ! »

Kayla

Toutes mes craintes se sont envolées lorsque Connor nous a emmenés dehors. Tout était recouvert d'un manteau scintillant de neige. Il y avait des dizaines de bâtiments dans le village du Père Noël. Chacun était unique et peint de couleurs vives et captivantes.

« Il y a de la neige partout, mais il ne fait pas froid », a dit Crystal en secouant la tête, émerveillée.

Je lui ai souri. « Tu as oublié ce que j'ai dit à propos de la magie ? »

Crystal a levé les yeux au ciel et m'a tiré la langue. Même si elle était une avocate de renom, elle se comportait encore parfois de façon très immature.

« C'est exactement comme je l'imaginais », a dit maman. Elle a gloussé et s'est mise à courir, entraînant papa avec elle.

J'ai éclaté de rire, surprise, quand ils ont plongé dans un tas de neige. Là, ils ont commencé à faire des anges de neige. J'ai secoué la tête en les regardant avant de constater que toute ma famille s'amusait. Andy et Crystal se lançaient des boules de neige parfaitement formées, riant de plaisir. Mes tantes et oncles entassaient de la neige, et mes cousins construisaient déjà des bonshommes de neige.

Connor a passé son bras autour de moi. « Wow. Ils prennent tout ça bien mieux que je ne l'aurais imaginé. »

J'ai soupiré de bonheur en me blottissant contre lui. C'était tout aussi magique que lors du bal. Peut-être même plus, car c'était ma famille. Je pouvais voir à quel point ils étaient heureux. Voir comment la magie les faisait tous redevenir des enfants me faisait sourire.

« Tu sais », lui ai-je chuchoté, « je pense que je ne suis pas la seule dans ma famille à croire encore à la magie. Peut-être que c'est pour ça que le Serment n'a pas fonctionné. Parce que même s'ils faisaient tous face à des problèmes d'adultes, ils sont restés innocents dans leur cœur ? »

Connor m'a embrassée sur la tempe. « On dirait bien. »

Mais malheureusement, même voir ma famille aussi heureuse ne pouvait pas longtemps me protéger de mes craintes. Mon sourire s'est effacé tandis que je me tournais vers lui. J'ai serré fermement les mains de Connor en plongeant mon regard dans ses yeux.

« Quoi qu'il arrive, je t'aimerai toujours », lui ai-je dit sérieusement. « Je n'échangerais le temps que nous avons passé ensemble pour rien au monde. Quelle que soit la décision du Père Noël, je t'aime. »

Connor a cligné rapidement des yeux comme s'il essayait de ne pas pleurer. « Je t'aime aussi. »

Ses mains chaudes ont encadré mes joues. Puis il m'a embrassée. Nos lèvres se sont pressées l'une contre l'autre, et le fourmillement de la magie m'a traversée. J'ai fermé les yeux, me laissant aller dans ce baiser. C'était peut-être notre dernière fois ensemble. Je voulais en profiter pleinement.

« Oh oh, alerte aux démonstrations d'affection en public », a lancé une voix derrière nous.

Connor et moi nous sommes séparés. Nous nous sommes

retournés pour découvrir Crystal et Sam qui se dirigeaient vers nous. Ils marchaient bras dessus bras dessous, déjà les meilleurs amis du monde. Tous deux nous observaient avec une lueur taquine dans les yeux. J'ai senti mon visage s'échauffer, mais j'ai simplement secoué la tête.

« Vous rendez ça bizarre », s'est plaint Connor.

Sam et Crystal se sont regardés, puis ont éclaté de rire.

Le père de Connor est apparu derrière eux. Il nous a appelés pour nous rassembler. « Le Père Noël est arrivé », a-t-il dit.

Ma gorge était aussi sèche que le désert du Sahara. J'ai dégluti avec difficulté en serrant la main de Connor. Nous nous sommes regardés. Une détermination féroce brûlait dans ses yeux. Cela me rassurait, mais j'espérais qu'il ne ferait rien qui pourrait lui attirer des ennuis.

« On devrait y aller », a-t-il dit.

J'ai hoché la tête.

Nous sommes retournés à la salle de bal. Ma famille parlait et riait. J'aurais aimé me joindre à eux, mais mon estomac était trop noué. J'espérais désespérément pouvoir garder la magie. Je ne voulais pas y renoncer. Je ne voulais pas renoncer à Connor.

Mais je ferais tout ce que le Père Noël me demanderait si cela signifiait garder Connor en sécurité.

Connor

Mon cœur battait la chamade alors que nous entrions dans la salle de bal. Le Père Noël nous attendait, portant son déguisement humain, Dieu merci. Les oreilles pointues et les dents tranchantes comme des lames de rasoir avaient disparu. S'il n'était ni gros ni jovial, il n'était pas non plus aussi menaçant.

« Wouah, » chuchota Crystal à Sam. « Le Père Noël est canon ! »

Sam la fit taire. Je grimaçai. Crystal ne réalisait-elle pas à quel point la situation était grave ? Mais après tout, je supposais qu'elle ne pouvait pas le savoir. Elle n'avait appris que ce matin que le Père Noël existait vraiment.

« Bonjour à tous, » nous salua le Père Noël en ouvrant les bras. C'était comme une étreinte ; je me sentis immédiatement mieux.

C'était ça, le Père Noël. Comment quelqu'un qui travaillait sans relâche pour apporter de l'espoir au monde pouvait-il être quelqu'un dont on aurait peur ? Je lui faisais confiance pour prendre les bonnes décisions ici. Même si je m'inquiétais de ce que pourrait être la bonne chose à faire. Il ne nous laisserait pas tomber.

« Bonjour, » murmurèrent divers membres de la famille de Kayla.

Crystal mit ses mains sur ses hanches. « Alors, où est Mère Noël ? Et pourquoi n'a-t-elle pas de nom ? »

Kayla gémit, fermant les yeux.

Mais le Père Noël se contenta de rire de l'audace de Crystal. « Ma femme est occupée par son travail, » lui dit-il. « Et elle a un nom. Elle en a plusieurs. Vous la connaissez probablement sous le nom de Pâques ou Mère Nature. »

La mâchoire de Crystal tomba. Elle ne semblait pas savoir quoi répondre à cela.

Le Père Noël lui sourit avec gentillesse, puis se tourna vers Kayla. « Alors, quel semble être le problème ? »

« Eh bien... » Kayla prit une profonde inspiration.

Elle raconta tout au Père Noël. Elle s'embrouilla quelques fois, mais le Père Noël l'écouta patiemment. Il hocha la tête et loua sa présence d'esprit de m'avoir appelé quand elle s'était rendue compte que le Serment n'avait pas fonctionné.

Une fois qu'elle eut terminé, il lui tapota l'épaule. « Tu as tout fait correctement, Kayla. Merci. »

Elle hocha la tête, laissant échapper un soupir de soulagement.

« Maintenant, quant au reste d'entre vous, » dit le Père Noël en se tournant vers sa famille, « je vais vous donner un choix. Vous pouvez soit prêter le Serment vous-mêmes et vous souvenir de tout, soit prendre une potion pour tout oublier. Ce sera comme un rêve agréable dont vous ne pourrez pas tout à fait vous souvenir. »

Je me redressai.

« Nous avons le choix ? » demanda la mère de Kayla.

Le Père Noël rit doucement. « Bien sûr ! Le Serment ne faillit jamais. »

Ma mâchoire resta en suspens. « Quoi ? »

Les yeux du Père Noël pétillèrent de malice. « Tu vois, pendant que je dansais avec Kayla hier soir, j'ai annulé le Serment. C'était assez sournois de ma part, je l'admets. Mais la façon dont elle parlait de sa famille m'a fait réaliser à quel point elle les aimait. Et je vois facilement l'amour que vous partagez tous les deux. »

Il nous sourit chaleureusement.

Kayla et moi rougîmes tous les deux, mais je souris, heureux.

« Il me semblait insupportablement égoïste de demander à Kayla de mentir à sa famille, » dit le Père Noël.

« Je m'inquiétais de ça, » admit Kayla.

« C'est pénible de savoir qu'il y a une partie de ta vie que tu ne peux pas partager avec les personnes que tu aimes, » dit le Père Noël. « C'est pourquoi vous avez maintenant tous un choix. »

Crystal poussa un cri de joie, jetant ses mains en l'air. « Je vais prêter le Serment ! Je suis avocate ; je sais garder des secrets ! »

Tout le monde rit. Les membres de la famille immédiate de Kayla acceptèrent avec enthousiasme de prêter le Serment, tandis que quelques-uns de ses tantes et oncles demandèrent la potion d'oubli.

Le Père Noël claqua des doigts, et deux plateaux apparurent sur une table proche.

« La potion rouge est la potion d'oubli, » dit le Père Noël en montrant la cheminée par laquelle nous étions venus. « Prenez-la avec vous et attendez d'être juste avant d'entrer dans votre voiture pour la boire. »

Les tantes et les oncles dirent au revoir et partirent avec leurs potions.

Le reste de la famille de Kayla prit les fioles vertes. Le Père Noël nous conduisit vers une nouvelle cheminée. Ses yeux pétillèrent alors qu'il posait sa main sur le foyer.

« Ce sera votre portail pour aller au Pôle Nord et en revenir, » leur dit-il. « Vous êtes les bienvenus pour passer quand vous le souhaitez. Nous recrutons de nouveaux assistants toute l'année. »

Il fit un clin d'œil, et tout le monde rit.

« Quant à toi, » dit-il en me regardant.

J'avalai ma salive.

Il sourit. « Tu as bien choisi, Connor. Kayla est définitivement une perle rare. »

Le soulagement m'envahit. Kayla et moi nous tournâmes l'un vers l'autre. Nous souriions tous les deux comme des idiots. Peu m'importait que tout le monde nous regarde. Je devais l'embrasser ; c'était le plus beau jour de ma vie.

Fin.

Avez-vous aimé *Métamorphes de Noël* ?

Merci de laisser un avis sur Goodreads ou votre site de vente préféré.

Les avis m'aident à atteindre de nouveaux lecteurs.

Lisez **Givre de Noël**, le prochain livre de la série **Université du Pôle Nord**.

Avez-vous lu **Le Gardien du Serment** ?

Cette histoire GRATUITE de l'Université du Pôle Nord se déroule entre Métamorphes de Noël et Gel de Noël

À propos de l'auteure

Des histoires positives et inspirantes.

Marie-Hélène vit à Sherbrooke, au Québec. Enseignante à la retraite, elle consacre désormais ses journées à l'écriture et à la promotion de ses oeuvres. Elle aime lire, voyager et aller à la plage. Chaque année, elle part un mois en solo vers une nouvelle partie du monde.
www.mhlebeault.com

Suivez-la sur les réseaux sociaux !

facebook.com/mhlebeaultauthor

x.com/mhlebeault

instagram.com/mhlebeault

amazon.com/author/mhlebeault

bookbub.com/authors/marie-helene-lebeault

goodreads.com/mhlebeault

linkedin.com/in/mhlebeault

tiktok.com/@mhlebeaultauthor

Autres livres de l'auteure

La série Evers - Littérature jeunesse fantastique

La clé des ancêtres

L'académie

La marcheuse du temps

Le voyageur des mondes

Magie de sang - Littérature jeunesse fantastique

Mage de sang

Magie de sang

Héritage de sang

Il était une malédiction - Romance fantastique

Une malédiction de neige et de cendres

Une malédiction d'épines et de torpeur

Une malédiction de verre et d'ombres

Une malédiction d'argent et de blessures

Université du Pôle Nord - Romance paranormale

Métamorphes de Noël

Le gardien du serment (GRATIS)

Givre de Noël

Solstice de Noël

Malédiction de Noël

Étincelle de Noël

Félicité conjugale

Inadaptés du gui

Hors série

Les douze vies de Clare - Réalisme magique

Utopie - Science fiction

Chroniques des cadets interstellaires - Science fiction

Défenseurs du Royaume

Le combat de la flamme sacrée (Gratuit)

Fée grand-mère - Albums jeunesse pour les 3 à 7 ans

Mimi visite l'Antarctique

Mimi visite le Pôle Nord

Mimi visite la Chine

Mimi visite l'Afrique

www.ingramcontent.com/pod-product-compliance
Lightning Source LLC
Chambersburg PA
CBHW050826180626
46814CB00004B/1477